张浅潜
——
著

生空与随想

广西师范大学出版社
·桂林·

出品人：刘春荣	责任编辑：刘汝怡
项目统筹：刘汝怡	助理编辑：王晓莹
营销统筹：张　帅	营销编辑：黄　欢
责任技编：郭　鹏	装帧设计：周伟伟
绘　　画：张浅潜	书名题签：展　旭
摄　　影：高　鹏	

图书在版编目（CIP）数据

星空与随想 / 张浅潜著．—桂林：广西师范大学出版社，2022.6
ISBN 978-7-5598-4887-1

Ⅰ．①星… Ⅱ．①张… Ⅲ．①随笔－作品集－中国－当代 Ⅳ．①I267.1

中国版本图书馆 CIP 数据核字（2022）第 056246 号

广西师范大学出版社出版发行
（广西桂林市五里店路 9 号　邮政编码：541004）
网址：http://www.bbtpress.com
出版人：黄轩庄
全国新华书店经销
北京盛通印刷股份有限公司印刷
（北京经济技术开发区经海三路 18 号　邮政编码：100176）
开本：787 mm × 1 092 mm　1/32
印张：9.5　　字数：113 千字
2022 年 6 月第 1 版　　2022 年 6 月第 1 次印刷
定价：98.00 元

如发现印装质量问题，影响阅读，请与出版社发行部门联系调换。

作者简介

张浅潜

资深音乐人,作家。曾发行个人音乐专辑《灵魂出窍》《星月之河》《1997在现场》等,音乐代表作《倒淌河》《牛虻生涯》《心碑》《夜梦》等,并著有散文集《迷人的迷》。

张浅潜的作品表达了一位女性创作者在文学与艺术世界的追寻与探索,也展现了一个浪漫主义者的人文情怀,她始终追逐着生命的内容,游吟在路上。

内容简介

　　本书是中国摇滚女声张浅潜的一本随笔集,她从自身经历出发,记叙了自己对音乐、对生命的感悟。这些年来,张浅潜以文字、图画,以及和她有关的摄影作品记录着自己的生活,她触觉丰富地感知着周遭的一切。透过张浅潜的文字,我们能看到一个思想歌者的成长之路,也能看到她所经历的中国摇滚乐和独立音乐的发生与发展;透过她的图画,我们能感受到一个女性对内外世界的描绘,绮丽而多彩,饱满又敏锐。这十多年的游吟与记录,是张浅潜独一无二的精神世界的展现,跟随她的笔调,我们将看到她那执着的人文思索和艺术追寻。

列车在**奔驰中**前进,
仿佛我行进的人生。

我一路奔波,**追逐命运**的太阳,
就像一面不倒的旗帜。

文学与音乐独立于我,
却又都围绕着我的人生。

从来没有什么是寄生的。

目录

前言　谎言与野心 / 001

第一章　光影舞者

　　爱与音乐 / 006

　　单音的回旋 / 008

　　光影舞者 / 011

　　即兴的艺术 / 014

　　开花的季节 / 017

　　乐音蹁跹 / 020

　　灵感的节拍 / 022

　　绿色风铃 / 024

　　牛虻，情感的礼物 / 027

　　岁月与音符 / 031

　　我心中的旋律 / 033

　　向上的拳头 / 036

　　向阳花 / 039

　　延伸的岁月 / 042

一个人的伍德斯托克 / 044

艺术与永生 / 046

驿动的琴音——关于吉他 / 050

音符之旅 / 052

第二章　行吟的蝌蚪

我心澎湃 / 056

东京游记 / 061

世界第一站 / 069

流动的光线 / 073

燃情岁月 / 076

行吟者之歌 / 079

行走的阳台 / 085

血液之花 / 089

音乐历程之灰色年代 / 095

异乡之子 / 100

月夜河 / 107

实验的花朵 / 111

台湾行记 / 116

我心翱翔 / 119

向日葵,我的音乐之路 / 123

靡靡之音 / 128

第三章　橘子上的诗与画

冰与啤酒 / 132

不悔的选择 / 136

甜蜜的苦涩 / 139

听觉的旅行 / 142

"豆芽"之歌 / 145

古国梦 / 148

思想的羽翼 / 150

思想与生活 / 154

My New Life / 156

血性之吟 / 162

一个音乐斗士的心灵独白 / 165

阅读音乐的日子 / 169

我们是世界 / 172

我的生命哲学 / 175

怎好意思谈音乐 / 179

第四章　自由之声——概念的启蒙

斗士与伯乐 / 182

平等与自由 / 185

文化的胜利 / 186

我的艺术观 / 188

女性艺术 / 191

我读六十年代 / 192

我看流行 / 195

我看民谣 / 196

先行者的呐喊 / 199

现象随谈 / 201

小小活靶子 / 203

音乐与人文 / 207

自由之声 / 211

第五章 歌是生活的诗

疤痕 / 214

魔幻之旅 / 216

勃拉姆斯 / 223

抵达事业和理想的彼途 / 227

留下的未来 / 229

幕间曲 / 231

第六章 音乐人物

开篇 / 236

纯粹 / 238

幻灭世界中的诗句 / 240

蓝色骨头 / 245

说老栗 / 251

麦田守望者 / 254

赵半狄的人文关怀 / 256

诗与诗人 / 260

达达主义者的肖像 / 263

我在比天更高的云霄 / 265

时光·漫步 / 266

野孩子 / 268

语虚语虚 / 270

文字革命家 / 273

叙事波尔卡 / 274

第七章　声音的回响

本性里的音乐 / 280

让人感动的音乐和爱情 / 285

认知 / 287

后记　永远年轻 / 289

【前言】
谎言与野心

我所有的生命历程都经过了血与火的洗礼、生与死的历练，所有的爱和恨都是我平衡生活的法宝。尽管我常像个快死的人一样呈现出筋疲力尽的姿态，体会着没有明天的感觉。我以为只要打着另类的招牌，同时坚定自己内心的选择，21世纪就绝对会欢迎像我这样的八爪鱼。可以说，我的人生路线从未偏离过我打小的规划，只不过天生的反叛使我这些年拼命地糟践、摧残自己。是的，我是个曾经为"新长征路上的摇滚"出过力、流过泪的音乐斗士——一个甘肃农民的后代，最终以摇滚歌手的身份独立人间，并暴露出图谋为音乐改朝换代的野心。可是谁又能想到，我曾经历了严酷的音乐之路上的考验，我不能告诉那些过去的战友我是如何受尽折磨，又是怎样克服了重重困难才走到现在的。

我像鱼一样生活在这个城市，在荒诞的梦中寻找那不会枯竭的灵感之源。似乎,我会吐出一团咒语,在漆黑的夜里将自己催眠,在无法分辨季节的日子里,看到人间悲欢交错的视觉幻象。我明白我所有的白脑汁最终将被网络和屏幕给克隆成黑色的,所有人类的创新和力量也终将被这个千变万化的时代给全盘吞没。

对于这一切,我清醒得很,在彻底失去自己之前,在自己消灭自己之前,我得问问自己到底是个什么东西;在我没把恶俗露骨的话说出来之前,我得让不了解我的人知道我的语言天分和我话语的独到之处。我有说话的权利和自由。但这一切全都是扯淡,只有我自己知道我的盖世谎言,令人汗颜。我怎么忘了我其实就是一个天生的大骗子,一个不轻易说谎的谎言家。阴谋论才是我的最大爱好。

在真正的对手未出现之前,我们爱的不过是自己罢了。没错,我以为我的文字里有最正宗的摇滚乐味道,但我的音乐才是娓娓道来的内心真言;我以为我的每句话都有出处,我的每一次感伤都是真理；我以为我的每一种爆发都不能重复，我的每一次表达都是有感而发；我以为我的每一种感觉都有所预示，我的每一个计划都是天赋使命；我以为我能够解释哲理，因而我的每一次受难都是必然。

舞蹈是由身体表达的艺术,

是人类原始**情感的体现**,

也是**灵魂**的化身。

在**音乐**的道路上,

我像一个穿行在**黑白光影**中的舞者——

舞,舞,舞,尽情地舞,舞出一支跨越时空的**华尔兹**。

第一章

光影舞者

爱与音乐

一直以来，我房间的墙面整齐洁白，那种洁白因为没有装饰，显得有些空旷，像一场大雪降落后，不曾留下痕迹的洁白。我常常在这洁白中试图寻找梦与奇迹的可能，因为或许我的生活，有些苍凉、荒芜，乃至贫乏。所以，我深深相信在这洁白的背景里藏有无处不在的旋律——我的音乐。

我喜欢迷幻和忧郁中带有阳光感觉的音乐风格。夏天田野里，麦浪翻卷着；云，淡淡的；大路上没有人影；孤寂的野营，少女的车。天空，没有飞鸟；寂寞，就像青春的气息。我听到琴声里的孤独，这就是我想做的音乐，就像在夏天的田野里孤独地看着麦浪，充满愁绪。音乐是最有艺术性的一样东西——缥缈，神秘，感人。音乐的魅力在于，严格的数据分析使它具有科学的理性，但又可以注入人的情感和爱，用人性的温暖光芒照亮整个世界。没有艺术的生活就像地球上没有了光，音乐使我们坚硬的心灵通向唯美浪漫的感性之路，使我们充满了对这个世界的感激。

007

单音的回旋

有一段时间，我喜欢去网吧，感觉自己像一截在一个个滚烫的网络页面上被蒸熟的葱。我的神经飞速地转动着，网上的信息如酒醉后的哈气冒在一首首走调的歌中。

在每一个地方，我都能感受到音乐的存在，无论是在网吧，还是市场，或者路上。在每一个心海荡漾着激情的时刻，我心灵的深处都泛着音乐的波光，对音乐的感情如水般自然地注入天地间，使我获得一瞬的自由，快乐就像音符，飞溅在生活的周围。那无处不在的歌声，无论是蓝调、爵士，抑或婉转动听的街头说唱、民间的小调、苏杭的昆曲、京城的高腔，都无不撒满爱的波光。

在我创作的音乐中，如果你能从中听到在森林里降落的雨声，听到砂石在时光里盘旋转动，那便是我心中最好的音乐。自然赋予我们聆听天籁之声的感受力，我们怎能不被它感动，怎能不被春的情欲、夏的梦幻所召唤。如银色的月光向大海投去它多情的目光，音乐，是人间最有张力的语言，它遏制一切荒淫的道听途说，救赎所有堕落的心灵。

是的，我为民谣的纯真与质朴所感动，也为电子的疯狂

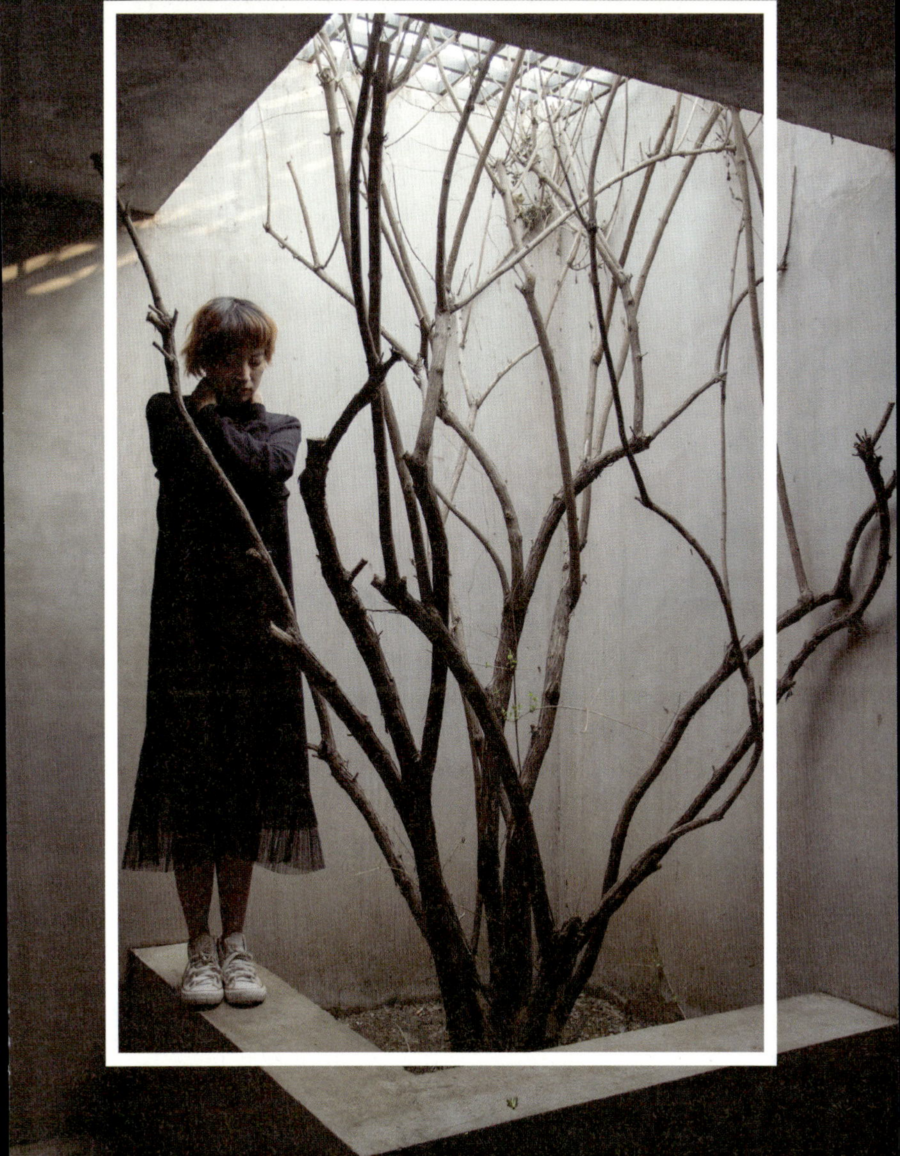

与迷幻所诱惑。然而真正打动我心灵的音乐,却是那种最简单,却又蕴涵生活情趣的声音,哪怕只是一声狗叫、鸟啼,或是从金属水龙头里传出的滴答水声,又或是在暗夜星空下如城市的心脏般跳动的地铁的隆隆声,甚至只是那午夜回荡在梦里的电话铃声,都足以将我震撼。

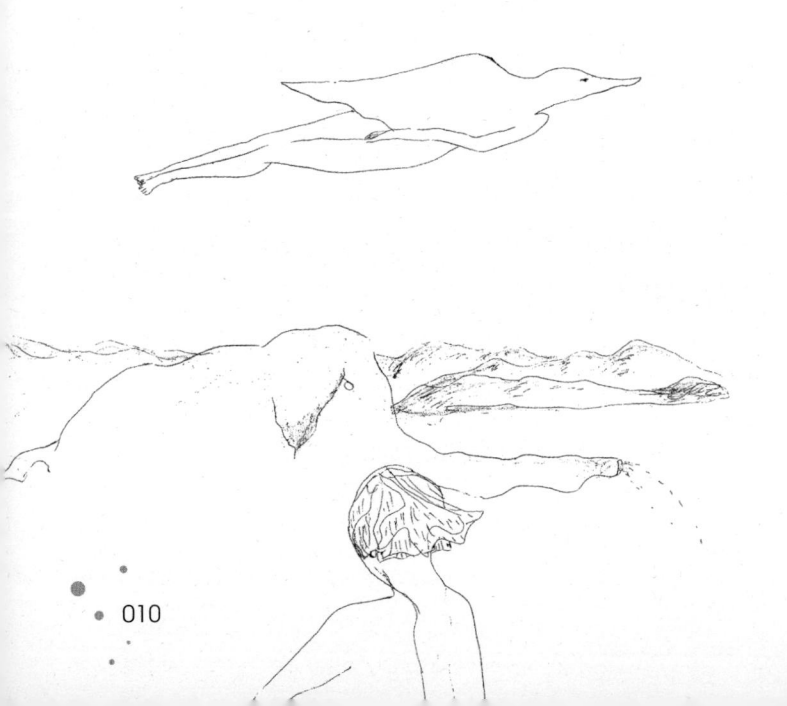

光影舞者

大卫·科波菲尔的魔术可以让人飞翔，可以让摩天大楼和自由女神消失，可以让人"穿墙而过"，他使人领略了想象力的魅力，并让人意识到这种想象力似乎能合理地成为现实。不知这是他对人类潜意识的洞察，还是他像我一样，只是依靠意识的力量在世间跋涉。

我相信，所有的生灵都是有意识的，人的意识在整个生命的绽放中体现着自我的觉醒。我觉得麦当娜之所以让多数艺术家感到疑惑，是因为她身上有一种全心去实现自己的颠覆气质，而她把这种颠覆感放大到极致，没有什么是她做不到的。当一个人能用全部的意志力去支撑自己的野心之路时，没有什么是不能实现的。我也意识到了这一点，并且我感到这是一种对生命的超越力量，人们必须去这样实现自己的价值，我也要这样做。

我和乐队去大连演出，但我心里不平静，这恐怕是因为我在音乐的世界里很孤独。我肆意寻找，但却似乎并未找到自己的道路。我怀疑，我把肆意而行当成了挑战自己意识极限的游戏——我在玩火！当这一切已经失控的时候，我早

012

已经不能成为自己,并且朝一个相反的地方滑去,我好像在一个高度危险的地方滑滑梯。我在意识和潜意识之间的"探索",像是在坐过山车,一切都太危险了。

在北京,在纽约,在世界任何地方,一个想成为伟大艺术家的人在未成功之前都会故作高深,不过这种状态是诚实的。我认识太多这样的人,包括某些时候的我自己,也是一副稍显做作的艺术家姿态。我过的是与世隔绝的、不怎么和人群打交道的生活,这源自2004年。高走后,我找不到一个替身去扮演把我从这乌烟瘴气的生活中拖出来的角色,这种生活就像一架坏了的钢琴弹出的一个无休止的音符,你听不到它原本的声音。我写日记,忧郁度日,缅怀过去,与自己的影子相伴。

我的意思是如果我继续一个人,我将比梵高还孤独。

即兴的艺术

这么说吧,我是一个有经验、也确实能做艺术的人。正因为我经常这么认为,而且不断在思考艺术上花费工夫,所以我写下的有关艺术的心得能找出一大筐。无论我对艺术有多少种认识,有一种认识我从未改变过,即最好的艺术是即兴的,再高贵或者花费再多的艺术,都不如创作者最初的即兴表达来得圆满。无论是摄影艺术、表演艺术还是其他形式的艺术,应该都是这样。

因为我这么看待艺术,所以我最早的那种吉卜赛式东游西晃的生活方式,完全是受这一观念影响的。这也导致我虽做音乐多年,却没有留下太多作品。我不知把多少好听的旋律都撒在了回家的楼梯口、乘坐的电梯里,还有那街上飞驰而过的夜车上了。我生发的那些感觉,那些可以变成无数钱财的东西就这么被我挥霍了。我随意释放掉的,还有爱情的荷尔蒙——假如可以把音乐称作我心中的另一种爱情的话,有多少次的高潮和吟叫都没有被我珍惜、保留。我常常有种要在街上舞蹈、在街上歌唱的冲动,因为那是属于我的天地,那是没有牛羊只有自我的天地;是一个自由灵魂展现自

015

我的战场。

我唱了起来,这一次和其他很多次都不同,可能是因为我对自己的过往已然释然,或者是我突然感觉到另一个生命正从我的身体里蓬勃而起。它自由旋转,有一丝谨然,又有一丝的贸然;它盘旋上升,是那么多情,又似乎没有一点感情。我聆听这个生命,它如此理性克制,奏出的曲调又如此错落有致。

那时,演出时舞台对面的桌子旁坐着一对男女,那女孩用专注的眼神盯着我。亲爱的,那一刻,我内心的情感涌动犹如一双舞蹈的蝴蝶,音乐的旋律带着我飞翔。

开花的季节

我第一次拿起琴是在广州,那把湛蓝色的红棉吉他,那是我离开家乡后第一次与音乐有染,我很兴奋。在午后的阳光下,我蜷缩在椅子里弹琴,在铺在地上的床垫上实验我写出的那些有着璀璨色彩的旋律小调。有时候我用小录音机录下水管边上滴答着的水声,还有雨夜里唰唰的雨声、飞机的轰鸣声——飞机每晚都冲过我住所的顶部,以至于我的每个清晨总是从轰鸣中开始。

在创作的初期阶段,我把音符与旋律的美当作呼唤我内心情感的潮涌。在阳光撒向弥漫着香草味的室内的早上,金粉色的灰尘在跌宕的音乐声中穿梭,开启它们一天的旅程,就像是一场别开生面的朝圣之旅。

这些与我相伴的事物,在时空里聚集,在别开生面的生命寓言之中,我写下了最初的感悟,这也是我留居广州期间对生活的一次认识。作为民谣风格的叙事性歌曲,它写尽了我的天真和成熟。而那些有着漂亮的、无事生非气质的男性身躯与他们的思想,给了我一段新的音乐生命。

再转折到北京,我已经忘记当初是怎么创作《张浅潜

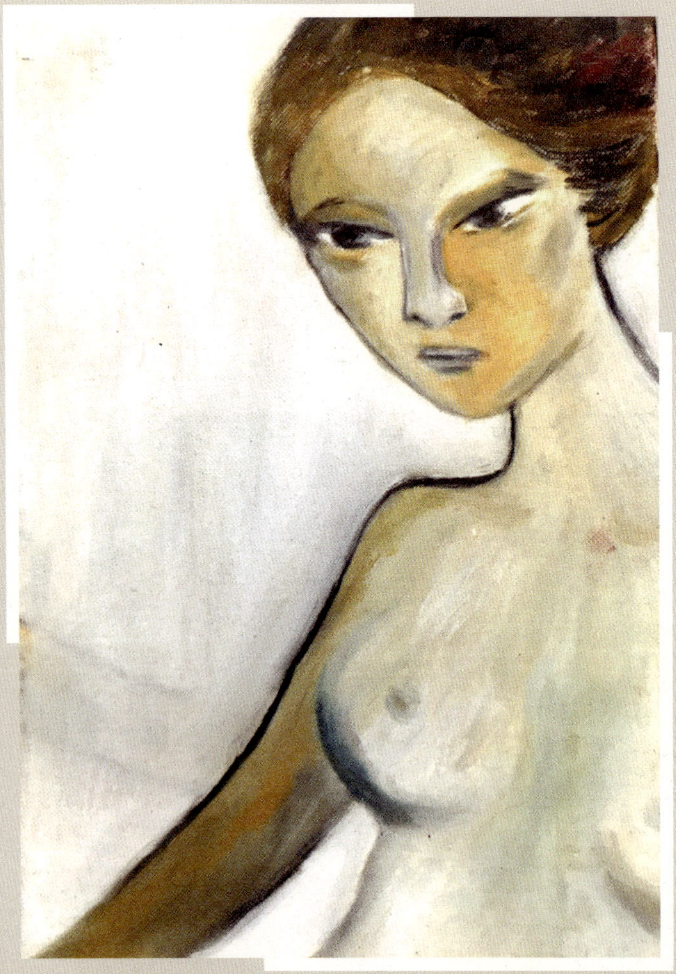

的阳台》以及《湿润》的,我甚至已经完全改变了《再次发芽》的节奏。那是我和制作人在情感上的一次相遇,在音乐理念上的一次碰撞与结合,充满探索精神的制作人用简洁前卫的风格,把富有拼贴性的艺术效果应用到现代音乐上。事实上,很多人无法欣赏其中的嘈杂和随意,直到今日,那些配器、编曲的风格也似乎很边缘化,但那优美的副歌贯穿了我全部的生活。虽然曾经的情爱在我随意寄居的生活里丢失了它的壳,但我已经如同蜗牛般在这美妙的咏叹调里完成了自我交媾。

乐音蹁跹

悲伤的音乐不能听，喜悦的音乐不能听；感染力强的音乐不能听，太抒情的音乐不能听；富有梦幻气质的音乐不能听，歌唱漂流的音乐不能听；电子的不能听，实验的不能听；民谣的不能听，流行的不能听；爵士的不能听，即兴的不能听……听到任何情绪的音乐都好像听到了自己的心声，怕情感觉醒，怕意志复苏，怕生命太顽强，怕包容现实和接纳失败的痛苦，怕死亡到来，怕灵魂战栗的自己。

一切与音乐有关的，都让我即使这么憋屈也要去找寻丢失和埋葬已久的自我。这就是音乐的力量。它让人找到最自由的生命状态和难以复制的生活方式，这是其他任何一种活法都无法取代的幸福。

021

灵感的节拍

我仿佛闻到玫瑰的花香,花朵仿佛在经历炼狱般的洗礼,我的人生好像被改写般的流离与失意。

我整理歌曲之余会弹琴,这是一种最能帮助我放松的艺术形式,在琴音里我仿佛找到了一种让自己对爱情产生免疫力的纯净思想,它虽然以音乐旋律的形式呈现,但它就是我生命中最真切的思考,音乐在以它的方式连接我和这个世界。也只有在这样的空间里,我听到的任何一首曲子都能让我感受到美好的祝福。

我喜欢琴音带给我的幻想,喜欢它如风般激起的迷蒙醉意,喜欢它在四季的回旋里绽放、凋零。我想那是一种爱情的感觉,它充满了你的整个生活,你虽然远离了它,可它没有一天不属于你,你也没有一天不属于它。当我走在路上时,我常常意识不到有个人或许正以同样的方式想念着我,但愿生活一直能给我这样的感动。

以音乐的方式爱着某个人未尝不是一种对生命的向往。我希望一切的愿望都能以音乐的形式实现。

023

绿色风铃

去年夏天，我已经在酒吧演唱了一段时间，可能是和窦唯以及不一定乐队没有磨合好，或者是在技术和音乐感受上和他们存在着差距，我只能请酒吧老板老赵帮我重新找人。我很希望我的音乐能有新的变化，但会是什么变化，我还无从知晓！

老赵在次周周二的晚上带了几个我不认识的乐手过来，自此，我开始了新的音乐旅程。

晚上，我去得较早，在台上一个人拿把吉他瞎弹。我刚写了两首新歌，算是对我这一两年的生活和音乐历程的总结，我心里很清楚它们对我的意义，甚至我觉得在需要表达情怀的时刻，该变换一种音乐风格了。

酒吧人不多，在灯光的照射下，我看见一个高个男孩和一个长发飘飘的"女孩"，我当时想，怎么还有女吉他或贝斯手？对于音乐合作伙伴的选择，我一般还是喜欢男性。对我来说，这也是一种个人的小原则和选择。他们看我在台上，陆续上台，并打开自己的琴盒，与我配合弹奏。我很诧异，也许是上帝的安排，在此后的三个月，我与他们创造了非凡的感动,并且我自觉突然有了新的生活,这种感受就好像身心被水洗过一样澄澈。

新的吉他手叫夏炎,模样俊美,非常出色,对比其他几人的弹奏风格和领悟力,他无疑是最适合与我一起合作的,我当时常常被他那美妙的音乐带去另一番境地,不由自主地在他那非凡的琴声中编写出了美妙的旋律。它们是我一生中最珍贵的礼物,也是一段最美好的经历。

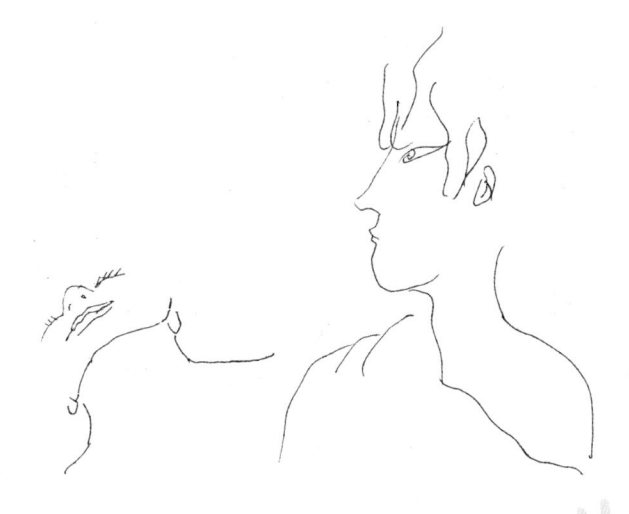

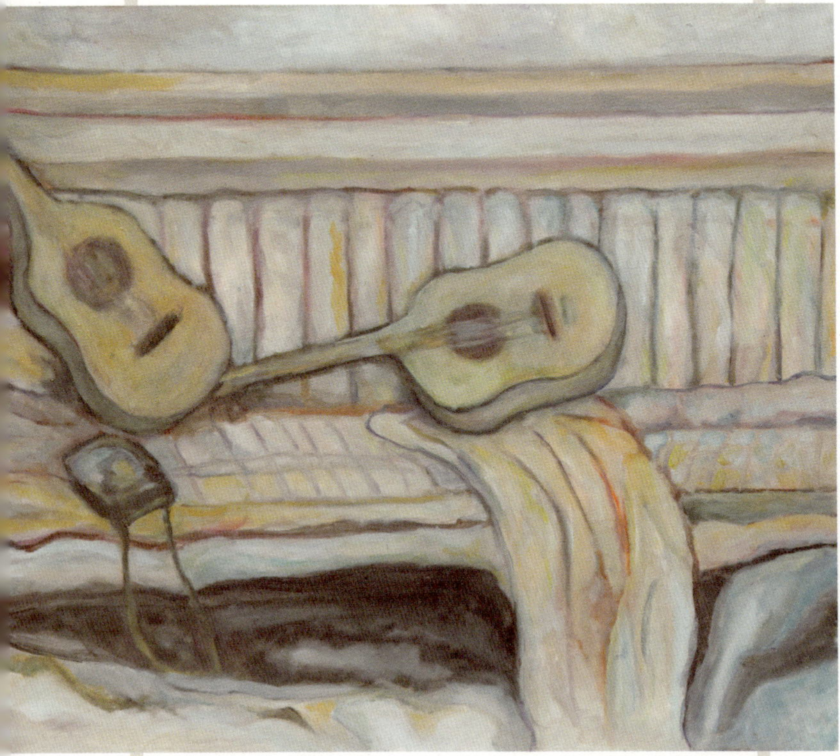

牛虻，情感的礼物

曾经有一次搬家，我从垃圾堆里把扔掉的一张纸拿出来，那上面有我写的《牛虻生涯》的歌词，它曾随我辗转于红旗村、安家楼、朝阳公园等地，和许多人擦肩而过。在很多从我怀中"掉落"的旋律里，我将其捡拾而起，因为我找到了适合表达它的音乐形式。它本身的诗意情致也融汇在我的生活里。

我约了早前有过恩怨的乐手在他们的录音棚见面，我只是试图寻找我想要的音符，并在岁月的流逝中窥视我人生的变化，而音乐就像爱情，只有努力寻找后才能获得拥有的甜蜜。

《牛虻生涯》这首歌是在文房四宝乐队原来在香山搭的录音棚里录的，其实如果当初我和靡靡之音乐队的关系处得好一些，也许我早就摸索出自己的一套音乐体系了，也会拥有那些好设备。但是错综芜杂的人际关系和男女感情一直在荒芜着我的生命。也好，正因为荒芜，我创造了别样的丰美。

靡靡之音走后，我一人搬到了鼓楼，那个地方其实有点三重门的意思，我经历的挫折，都是从那里开始，又在那里结束。那天夜晚，我拿出小MD机，我知道，我必须要做些什么了。月光从四合院的窗外照射进来，射进我那间小小的屋子，屋子里有沙发，还有一张桌子，上面原本摆满了房东送我的旧糖果盒子，后来替换成了一些大玻璃瓶。屋子里的家什似乎都烙上了《圣经》的味道，我仿佛读起了《旧约全书》，在这里，我像田野里的鸟儿、河边的花朵一样自由。

有一天，当我有了一个自己的孩子，或者一个上帝未经我允许就给我的爱子，我将用自己所有的爱去辅助他的生命。

夜就这样降临，在未知的前景里，我勤奋地劳作着，我知道，在道路的尽头，春天的芬芳花朵会尽情绽放。清晨，我站在绿色的树荫下，感慨万千，好像这场景会化作一个个人们向往的古典爱情故事——是的，爱情是唯一填补我胃口的食物，是我精神的支柱……这情感的礼物。

Z在一个巧合的时间来找我，可也许我并没有做好准备，我约他来我的小屋。在这之前，我回了家乡，在雪野上留下身影，那是爱情与事业同在的象征，那时没有网络的沟通方式，没有博客、微博。我在过去各路斗争的遗迹中徘徊，思忖着也许我需要一个经纪人,他能够站在我的立场,与我共事。之所以有这种想法,是由于我曾经把爱情和事业同时给了一个在意识里并不自由的人,这纠缠着爱情、事业的人生像无法回头的箭一般,把我射向永恒的虚无。

寂静无人的夜晚,我时常在那灯光昏黄的小屋里低声吟唱。那时候,我遇到了至今最怀念和最留恋的人,同时也遭遇了前所未有的伤害。在最初认识他并开始进入创作状态的时候,我写出了形散而神不散的《游吟者》,和那些旋律小调欢快的精神气质相比,《倒淌河》忧郁寡断,有点像我的个性;但这首歌的旋律起伏,有一种我不曾了解的神秘感和幸福感。当我从琴上摸出这首旋律时,我有一种真心的感动!

如果我能写出这样的旋律,就会拥有比拟这旋律的人生。而在重拾人生信念的旅途里,对爱情的向往限制着我的创造力,也是在爱情中的无奈击垮了我对生命的憧憬。

好的歌曲是经过重重磨难写就的,就像《牛虻生涯》是我在垃圾堆里捡回来的歌词,在乐手的伴奏下即兴写出的旋律。这样的旋律和人生就是我的生活,也是一个歌者应具备的水准和风范。窗外阳光明媚,我会继续做点什么,直到带给你最大的惊喜。所有的哀伤和失去其实就是真正的财富。

岁月与音符

领悟艺术就像我们需要学会生活一样,需要用心地感受。

小的时候练琴,像属七和弦那样的音程,我酷爱它们神经质的音乐色彩,也喜欢大和弦的明朗、自由。和弦的尖厉声音纠缠着擦肩而过的爱情带来的痛楚,在我用双手弹奏乐曲时,眼睛里总是闪烁着光辉。

我永远都记得我坐在黄昏的琴凳旁弹琴的情形:在迤逦多变的乐音里,我听见会说话的精灵围绕在琴房的一角,蹦跳着诉说四季的转变;在落满和声的旋律里,教室楼下有人谈论着圣贤与鬼怪的故事;在那些布满插画的儿童音乐曲谱里,我翻阅出一颗童真的、如小白兔一样可爱的小孩的心。

当动人的曲调变成一个个独立的故事,如宏大的叙事歌剧般在午后的广播中传出来时,我看见了灰色音符里自己所追寻的生活道路。

把生活当作艺术,那些玄妙的、美好的作品就会在面对生活的勇气和力量中产生,理性是它的底色,而幽默和随意给它插上飞翔的翅膀。假如把生活比作人的身体,音乐何尝不是透过斑斓岁月在记忆中永不停歇地跳动的脉搏。

是的，在成长的过程中，我一直在经受音乐的洗礼，行进在被音乐感动的路上，而对音乐的单纯感受也激发着我继续向上的力量。

我心中的旋律

多年来,我在寻求精神归宿的音乐之旅中,时而漫步,时而疾行,音乐就像是我身边的风景。我时常觉得自由自在,因为音乐就是我的世界。

作为一个在音乐里寻找情感出口的人,我觉得要想创作出能打动人心并长久流传的作品,除了必须置身于一个安静的环境外,对情感的渴望与投入是更重要的因素。当无所不在的想象力穿透内心的景象,投射在爱情中时,也许在我心中响起的旋律就是我整个生活的寄托。

与其说我以敏锐的音乐触角去表现自我的灵魂,不如说这一切背后是无限的寂寞和孤独。我生活在无法言说的困顿中。经济上的匮乏使我在生活这场漫长的斗争中挣扎了太长的时间。现实满篇的烦恼,只留下一部分讲述爱情的影像与图画。寻找歌词的过程也只能借孤独的想象。对我来说,这样的生活实在太不如意了。

然而作为一个在现实中渴望真实生活的女性,也许这样的道路是必然的。的确,通过爱情可以找到自己心中的旋律,你的思想就是你整个世界的形态。一个创作者的胸襟和

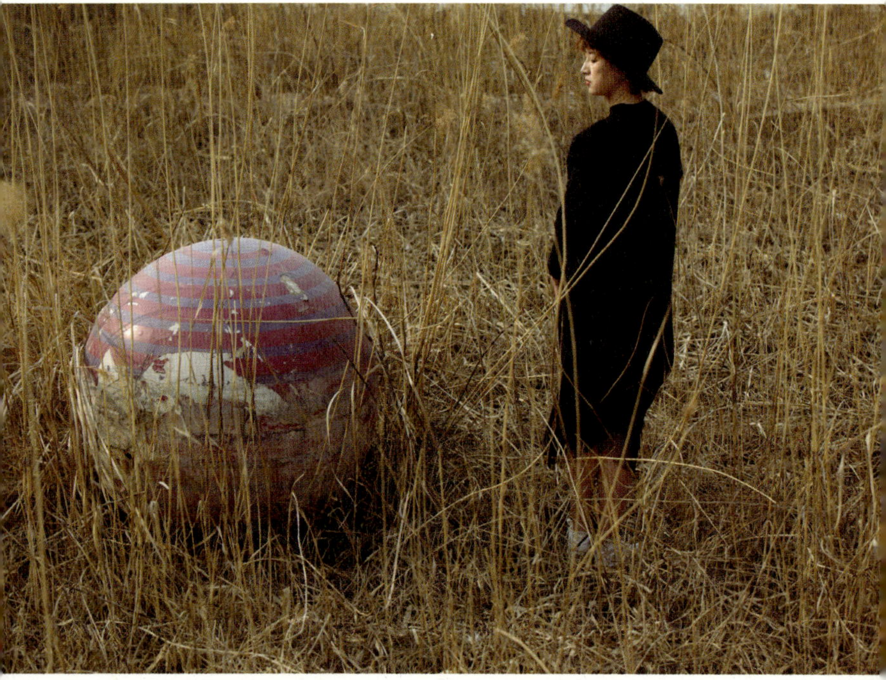

情怀也将体现在你的音乐意境里。

　　描写风花雪月抑或儿女情长不是我所擅长的，一个人的思想视野越狭隘，音乐领悟力也就越差。在艺术领域，我们界定一个人是不是艺术家，要看他是否以心为歌。

　　如果你创作出了能打动人心并能流传于世的作品，那么无疑你就是最幸运的，你就要感谢这神圣的生活。

向上的拳头

> 只要有阵地,我就不会消亡,也就不会失去我的梦想。
>
> ——题记

我时常由一些物品想到它们和人的关系,也想到自己的生活。我总会拥有一些奇特的东西,比如我有一件红色的、印有外星小孩图案的衣服,只要在特殊的、有意义的日子,我就会穿上它,并通过它来展现自己的风格。是的,它看起来使我拥有了自己的风格。妹妹当初在我住的地方看到这件衣服时很想要,我却拒绝给她,那是唯一一次她感觉到我不愿意给她东西。的确,我们每个人在自己的生活中总能遇到一件把自己的格调和气质体现出来的物品,不过,我只是象征性地去探讨拥有一件特殊的东西的意义。

相比于物质,我更希望拥有天长地久的爱情,也希望能顺遂地实现一些理想。

我喜欢那件衣服的理由可能跟我的信仰有关。有时候演出,我还会在脖子上戴一条红领巾。事实上,那条红领巾是我在回老家的时候问我的表弟要的。一个人在追寻人生使命

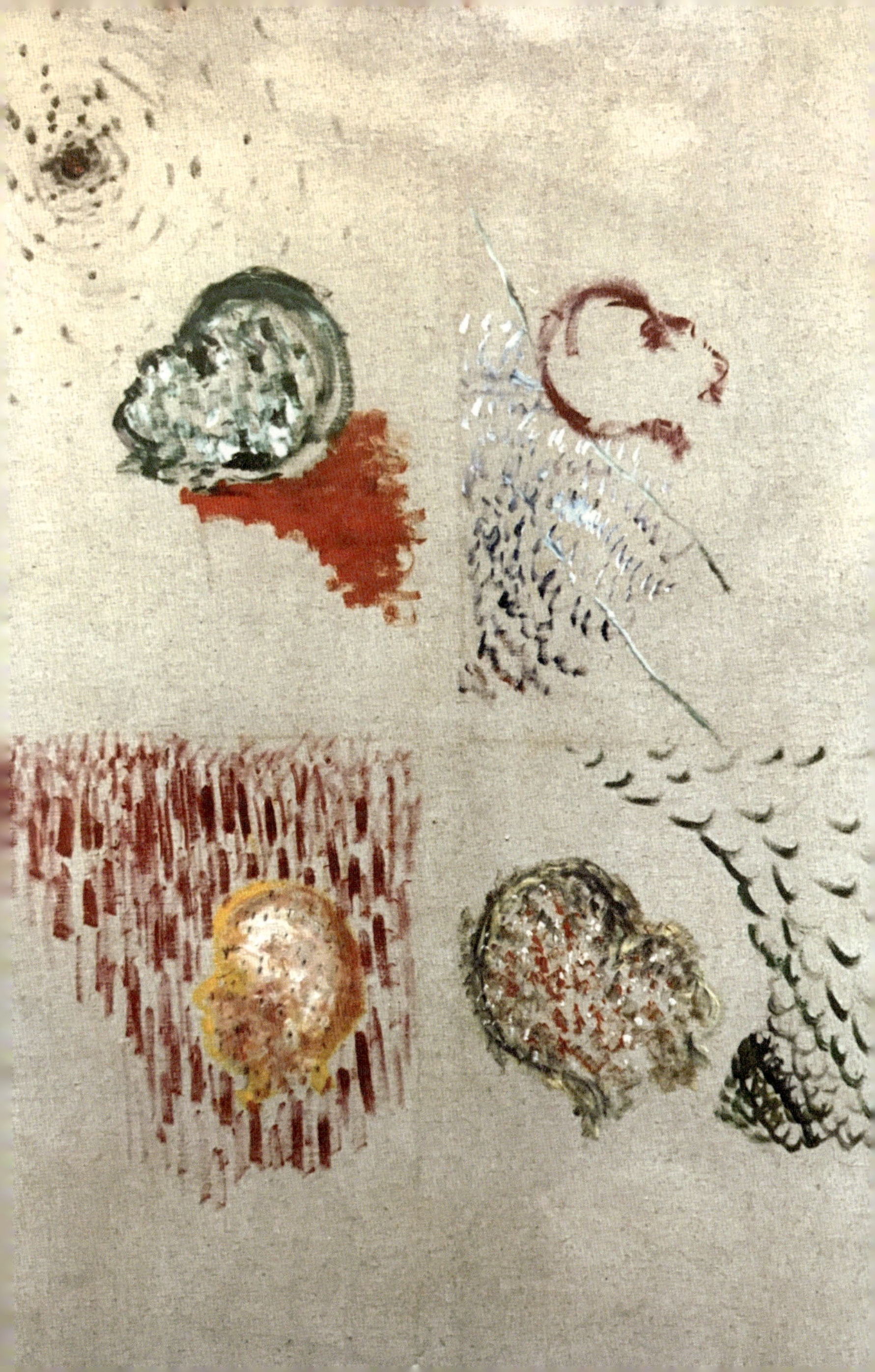

的时候，会有一种东西使你的信仰顿时活了起来，我们对着心中的理想宣誓，这就是我们要走的道路。

回味自己的一生，也许从孩童时，或者从蒙昧的青春期开始，我就在冥冥中拥有了感受人生真谛的热望。真理是不可知的，除非你去追寻、去探索。在三十多年的时间里，我知道只有通过不懈的努力，心目中那个光点才有可能不会在我的生命中熄灭。在这个过程中，你需要牺牲，需要付出无数的代价。同样，当你领悟到爱情的含义和生命的意义时，你自然会发现，其实你已经领受了巨大的恩惠，也许这就是命运对我最好的补偿。也只有这样，我才会获得一个游吟者所应有的生命历程。

向阳花

我走在街上，天边接近灰芒色，我有一种胜利的感觉，如果这是一场人格之战，我必胜无疑。

音乐不是一种运动，它是吹动一面旗帜的大风。在这无形的风的运动中，你可以把它当作音乐的风、解放的风、自由的风……生命的旗帜在随风摆动的时候，你能感觉到自由，那正是年轻的气息，它比以往任何一种气息更具有自由的味道。这就是我的音乐哲学中的自由内涵。

生命从来都是自由的、忘我的，它不会因碎裂而沉重，尽管我们都曾有过卑微的时刻。

很多时候，写作的键盘代替了钢琴的琴键。一个对音乐如痴如醉的人，却好几年没有真正用心领略过它的静泊和崇高了。一个高贵的人总是有着淡泊的心态和宁静的气质，然而这一切似乎离我远去很久了。离开自己的人生哲学和生活态度，基本上就会失去宁静的精神家园；一个心灵没有家园的人总会被现实的沉重所打倒，而越在现实中迷失，也就越备尝生活的艰辛。

每当我回想自己的生活，我就不能不想起小时候经常看的《约翰·克利斯朵夫》,还有欧文·斯通写的《渴望生活——梵高传》。通过《约翰·克利斯朵夫》,罗曼·罗兰向我们描述了一个遭到命运的沉重打击,又用无比强大的生命力写下自己诗篇的艺术家。在这样的生命面前,生活的苦难就好像那一朵朵向上生长、怒放的向日葵。

041

延伸的岁月

还是很小的时候,不知怎么喜欢上了时装设计,那时候自己也就是一个10来岁的小不点儿吧,或许,是与生俱来的一种意识。上课途中,和邻座的同学聊起理想,发现自己的理想居然是时装设计师,而且这个理想生发在一个局促的生活环境里——一座面积狭小、也无法拥有广阔见识的草原小镇。我说以后我想有自己的服装品牌,想在世界一流的时装中心看到自己设计的服装。那真是奇特的梦想,按理说,在家乡那样的小地方,没有什么能启发我去设想小镇生活之外的天地,但我确实做起了那样的梦。

最初的服装设计理念,我都是从一些实物上得来的灵感,比如从手绢和小人书上面的涂鸦而了解到的"绘画思想",也因此缔造了自己的"绘画生活"。

后来的后来,生活带着我走进了真实的服装世界,但在陆续为服装设计师们做代言和拍写真的过程中,其实我从未表露过自己的服装设计理想。

在初去广州还未启动音乐生涯的日子,我真实地留下了拍服装写真的岁月。我为自己设计了未来,而这未来其实也就是我对时尚和品位的理解,服装写真也算是我音乐岁月的预热。

感谢音乐延伸了我的理想,带给我更多美好时光和回忆。

一个人的伍德斯托克

那年我年龄正好,我有许多梦想,其中一个是想为自己开一场音乐会。我心目中的音乐会应当是区别于王菲或者很多知名歌手的风格的,我想办一场与恩雅的演唱会相似的音乐会。

我的音乐会,无论是与人合唱还是个人演绎,无论是表演者还是观众,我都希望是不虚伪、不做作的。

我的音乐会一部分是给唱片公司的老板们开的,尤其是打击盗版没有成功的那些老板。他们和我一样,都是娱乐门下的牧羊犬。随便你怎么认为,我们是一伙的,我们里应外合。

我行进在他们一路走来的

那条路上。我行进着，孤独一人，我就是我！我不模仿谁，也不羡慕谁，像一个真正行走着的战士。

我的音乐会也是给那些为音乐而迷狂的观众开的，他们是农民，是那些在城市里没有寄托的人们，那些无家可归的乡下青年。他们是我的偶像，也是我的歌迷。对这个城市怀有甜蜜的渴望，是我的乐趣。

我的音乐会还为自己的生命而开。生命从来都是自由的，忘我的。它像花儿一样随时撒在野地上，像野草随时长在石头缝里，我生命的荒野随时铺开在这大地上。

艺术与永生

> 每个人都渴望为自己的命运奋斗，书写属于自己的传奇。
>
> ——题记

前一阶段排练期间，由于排练处离我的住地很远，来回很辛苦，所以有时排练完我就去排练地附近的网吧逗留，以便晚上在附近找个住处。那段时间，我在偏僻的北皋村某网吧上网，浏览到存放在网吧电脑里的一部对我来说有特别意义的影片，那时我特别兴奋，好像发现了什么宝贝。那是一部讲述"约翰·列侬与美国"的纪录片，在影片里，我看到了许多之前想获得而又不曾知晓的答案。在列侬具有斗士精神的一生中，他从来都在坚持着艺术家的浪漫和良知，并以一个优秀音乐家的姿态，将时代与他的歌曲结合在一起，用音乐反映一个时代的变革。

他的个人生活也给他的艺术带来足够多的养分，因为他身边有一个理解他并能与之分享生命价值的人，他获得了生命的传奇。我感叹他的直觉与智慧，也赞叹那个时代造就了这样一位"先知"。

是的,在一代精神领袖中,无论是埃德温·格思里,还是鲍勃·迪伦,他们都是通过自己的经历丰富着自己传奇的人生。他们以心为歌的一生就是一部个人精神奋斗史,这种精神也改变了当时的主流价值观。如果没有这样的作为,他们就不会为他们的时代所尊重。我们如同他们一样,正处在巨大的时代变革中,我们需要更多的专注、诚恳和牺牲精神。

音乐带给人力量,也能反映时代特征,像其他艺术形式的存在一样,丰富着社会各个层面的生活。每个人有不同的理想、不同的需求,而列侬在其充满战斗精神的一生中需要可以进行高层次交流的朋友,他在反战宣言中结识的盟友都是这样的人。

而我的歌唱,也需要和高层次的人交流,我需要的不仅仅是欣赏我、理解我,更是能和我一起战斗的人。当一个人能将自己的生活化为伟大的作品,那他可能被视为一个传奇。而流行偶像被平庸的现实寄予厚望,这是因为能去书写历史的人太少了,能被我们热读的人太少了,有这种能力实现自己梦想的人太少了。我希望自己能像鲍勃·迪伦一样,怀着一颗斗士之心,怀着对生活的热爱;也希望如列侬那般,在反战中追寻和平,给历史留下一个不朽的足迹。

如同切·格瓦拉一样追寻自由、理想,并为之奋斗一生,我常常为这样活过的智者倾倒。在我书写的短信里,存放着这样的片段:过朴素的生活,做理想的音乐,成为自己想成为的人。在这个缺少浪漫主义的时代,更需要我们以一个自由斗士和浪漫艺术家的良知使自己获得新生。艺术将使人永生。

过朴素的生活,做理想的音乐,活成自己想活的人,是大师与哲学家的生活方式,这样的灵魂注定将获得永生。

049

驿动的琴音
——关于吉他

第一次在"红星"录音时,也是我第一次亲自接触吉他,之前我也就是略懂一点古典音乐理论知识,对音乐的认识也仅仅是在学校和大乐团排练。而此刻,我坐在录音棚里,等待吉他手的到来,心里十分恐慌。公司安排了我来录音,可乐手还在路上。

我一边等着乐手的到来,一边感慨做原创歌手的难处,那种感觉很难描述,因为你不能说你懂得很多,也不能说在脱离了乐手和乐队的帮助下你还能够建立对音乐的完整理解。诚然,那些音乐旋律出自你的大脑,并从你的指尖弹出,但如何写一首完整的歌曲,如何应对各种事务安排和人情往来,以及如何和乐手互动等,你甚至都无从入手。在最开始做音乐的阶段,的确,会遇到以前没有遇到过的挑战。

我尝试拿起搁在凳子上的公司的电吉他,那好像是一个夏末或秋末的傍晚,暮气穿过重重光影照进昏暗的房间里。这把吉他是乐手平时用的一把普通吉他,而此时电流却通过我的手指,给予了它一种不同凡响的触感,也让我一时感觉自己的灵魂通了电。吉他发出了令人难以置信的美妙悦耳的声音，在那个妙音充耳的瞬间，我知道自己被这陌生的乐器深深地打动了。

在这无比动人的音色里，我发现了一个新的世界。

在我后来的音乐生涯里，虽然我并没有机会去拥有一把像样的吉他，但在我心中，我知道哪怕是一把最普通的吉他，只要它能让我的情感世界激起涟漪，能让我写出精彩而鲜活的歌曲，吉他的作用也就实现了。而我，依然是那个在生命里想用真诚的情感去感染他人并创造新生活的人。

音符之旅

很久没这样在兴奋而又平静的状态下听音乐了。音乐是人类最好的朋友,它是孤独者的语言,是悲伤者心里的花朵。音乐,使人忘记孤独。

一夜之间,网络被关闭,大峡谷的水流不动了,云彩也不见了,天爆破出死灰和湛蓝,发出可怕的隆隆声。我在断裂的网络中寻找着出口,经过一路拼杀,我穿过震耳欲聋、没头没尾的硬核重金属,蹚过澎湃铿锵、三和弦从来不换的死朋克,又在迷幻电子 Trip-Hop 及蓝调和爵士乐里晕了一会儿,最后决定返璞归真,在喜欢的民谣里待着。

音箱中传出略显忧郁的曲调,老汤姆斯带着浓浓鼻音,将鲍勃·迪伦式的叙事民谣发挥得淋漓尽致,他的歌声使人怀念故乡,也激起了我的强烈共鸣。他的歌唱风格是如此开阔和淡然,就像一个人骨子里就拥有的自由,他让我们发现了重新看待生活的态度——豁达、从容,自然地经历生和死。这只是一首叙事歌曲而已,却让我们在自己的生活中发现了另一个世界。

生活本是烦琐、平凡的,我们却在民谣里发现了生活的美好。其实好的音乐必定产生在自主和自由精神的基础上，这样才可展现出生活最真实的美。

音乐又响起来，即使是只有我一个人做的音乐，也充满自由的力量。

理解**生活**，
思考**音乐和艺术**，
是我**捍卫理想**的方式，
就像**拥有情感和爱**才是**人生**。

第二章

行吟的蝌蚪

我心澎湃

那是1995年,我的生活加快了速度,这速度令我无法以瞻前顾后的态度,回顾我的过去并合理地设计出我的灿烂前程。

1996年,我终于丢下广州的生活,离开那喧闹纷杂又十分寂寞的城市,来到北京。在我曾居住的墙壁白净的九层公寓顶楼,每天会有一架飞机准时在晚上九点从它的上空飞过,现在,我终于可以不再听飞机的轰鸣声了。

我感觉当时的艺术圈真热闹,气氛好像要闹一场革命似的。

北京并不现代,虽然有高高竖起的冲天大楼和宽敞的三环马路,以及十分气派的长安街。想到要开始新的生活,我不由地释放出我风一般的想象力开始憧憬。

对我来说,新的生活是物质上的,也是精神上的,双重的喜悦与快感洋溢在我的心田。和每一个对自己无比自信、勇于闯荡世界的人相比,我对自己选择重回音乐的怀抱更为在乎。

就像我后来在日记里写的那样,1996年的北京艺术氛围开始浓厚，那是在一个大的氛围中酝酿着小云雨的世界。这个不太现代的都市虽然天气干燥，沙尘暴也偶尔来袭，但依然阻挡不了众多青年因为它文化圣地的名目而纷纷前往。我也是其中的"朝拜之徒"。带着久久的期待和压抑在心中多年的感情，我踏上了飞往北京的航班。

我记得很清楚，到北京后，我打车到好友说的长城饭店，那的士司机就以我的行李磕掉了他车头上的漆为名，狠宰了我100块。我感觉到北京的第一时间就被讹诈了一下，心里很不是滋味。尽管这开头并不理想，但我很快忘得一干二净。等好友接到我，我们便一起谈笑风生地朝他在麦子店的家走去。

我和赵是在1995年广州艺术博览会上认识的，由于一些机缘，之后我们继续交往，并把我们的良好友谊发展为一种合作关系。赵回到北京后不久，就带着自己的一个创意来广州找我了。

当时现代美术的新观念和一些装置艺术的新思潮，从圆明园画家村影响到东村，一些思想不愿落伍又十分渴望在新

058

的艺术观念领域干出来点什么的人很多,赵正是其中一员。那时,赵还没有明确地给自己贴上一个"社会活动家"的标签,他本人曾因具有十分突出的古典写实技巧而被美术界看好。大概因为生性清高,加上自恃有过一些比较成功的业绩,所以他和真正的美术圈的来往并不那么"妥贴"。至少他在我面前流露过对当时的"教父"及其他一些艺术家的否定。

我本人在广州就是个十足的艺术发烧友,大概那时,感情生活的激情正日益平淡,这让我越来越感觉失去了精神支柱,我需要从别的事物当中感受自己的热情,所以我把一些前卫艺术作品当作我思想上的摇滚乐是十分自然的。那时候我还完全不懂摇滚乐,可我本身的气质和性格决定了我必须依靠一种比较地道的、能穿透我感情色彩的玩意儿来描绘我的心境。为了表达思想和精神上的双重寂寞,我当时画了很多丑陋、令人没有好感的油画,而且还十分兢兢业业,每晚都站在画布前没命劳作。说起来那时我的那些不成型的、没有任何理念和主题的画作,仿佛是一个愤怒青年在失恋的刺激下,用摇头摆尾的重金属诉说自己的忧伤。

那时，我并没有失恋，反倒过着被男友宠溺、自在但无乐趣的生活，这正是问题的所在。说实话，在没做音乐之前，我很孤独。

无意间，我把注意力转向似懂非懂的美术，它让我想到十多年前，我还在艺校上学期间的经历，那种感觉简直一模一样。后来，我十分想在音乐上突破一些传统创作理念，包括我很早接受的先锋实验风格。

我感觉教条化的音乐教育磨损了我对音乐单纯的热情，或许，过分感性的我，在年轻时根本就受不了那些正统的教育；也许因为生性自由，也因为一直受着太多传统教育的束缚，我就越发喜欢那种漂泊流浪、无拘无束的生活。我对所有流浪在路上的达摩们，在心理上多了一份少有的亲近感。大约，我心中的理想国里的志同道合者也就是他们了。

东京游记

/ 一 /

那日,我把幻蓝约出来看演出,当时有四组乐队,观众挺多,酒吧很小。日本的酒吧都在楼上,不知道他们怎么处理噪音的问题!演出结束后我和幻蓝先离开酒吧去了一家我很喜欢的烧烤店,点了吃食。居酒屋有好几个老外,不停地找我们搭话,我有点紧张。突然想起刚才路过街边时看到有乐团在演奏,演奏者拉着小提琴的样子很美,他们演奏了一支五重奏。能做一个有大提琴、小提琴和钢琴的古典乐团,真是让人发自内心地羡慕。

下午因为很想去吃日本的特色料理,于是我早晨跟苏野一边翻译着歌词,一边聊着国内工作的事情。出门总是忘记带充电宝,于是我把手机放在上岛咖啡的前台充电,自己点了一份意面和咖啡。苏野送的花还在旅馆!

出国前一个礼拜我一直在练习新写的歌,还有几天就要发新专辑了,所以想赶紧把新专辑的事落实了。每天和同事在网上沟通,配合公司的安排。

音乐是多么美的事物，在我们的生活中，它就像那些精致建筑下点缀的闪亮招牌，像街道上装饰精美的电车，像那些留存在过去的影像。第二日的演出在自由之丘。我和日本的山中认识20年了，听到他终于回信有空见面，我很开心，和鼓手吃完饭我就背上琴出发了。坐上电车，不久就到了大久保，我们约在那里喝咖啡。大久保这个词很熟悉啊，好像是一支武汉乐队的名字。我在想，日本社会的文化思维和中国完全不一样，比如各种奇奇怪怪的地名、站名。那些字眼之间关联的意向，完全是另一个层面的灵魂的认知。

我背着沉重的吉他和要给公司发邮件用的电脑，冬日的暖阳照在陌生国度的建筑上，我感觉特别开心，好像在这里我有很多朋友。他们买了我的黑胶，跑很远来接我，这样的生活使我多年前经历的北京某个阶段的摇滚岁月又回来了，那时候北京有脑浊，有无聊军队，有地下婴儿，那是多少北京新声崛起的时代！

我从一个旁观者的角度观察着美国20世纪70年代的歌曲对日本的影响，在居酒屋，在旅馆，在很多地方，我只要听到音乐就特别开心，有一种音乐与生活同在的感觉，心情也是自由自在的，感到生活处于安然和富足的状态。在这里，我吃饭、交谈、喝酒，没有索取和比较，更没有对眼前事物太过计较的实用主义，也不会感觉忧伤，没有什么能让人忧伤。我和多年前认识的朋友相约一起喝下午茶，聊聊发行的专辑和一些个人话题。

好多歌迷都很热情，他们心里有很多想对我表达的，往事一幕幕直涌上我的心头。我翻看着苏野手机里他的画作，还是有很多经过训练的痕迹。苏野在日本做摄影助理工作，租住在每月相当于当时五千人民币的房子里。

那晚的演出还是留下了一些遗憾，因为根本没有时间学几句能现成应付的日语，又来了日本的朋友！我只能用蹩脚的英语应对日本嘉宾和其他国际友人。

那天去听我唱歌的有很多住在旅馆里的台湾客人，我们之间在语言上感觉根本没有隔阂，至少都是说中文的。离开日本之前，我还有很多想见的朋友，有一些和我有过合作的，还有一些四散天涯的朋友，我们都在感受着时间的流逝。几天前，我还在宴会上和剧场里做着嘉宾，转眼又在东京的酒吧唱着野生的歌曲，我像搁浅的鲸鱼在山体上行走，像掉落在阳光下的沙石随着时光移动。如果能将岁月掉头，我会觉得生活中就应该有一个伴侣，那会是最好的人生。

又一场演出结束了，临行前，我被一个小姑娘叫去家里住。其实我更需要冷静应对现实中的种种问题。

台湾的乐团成员和我在旅馆厨房聊天，他们的家属和我住一个屋子。我探听着这个乐团在台湾的发展状况，感慨良多。天色暗，灯火升起。

在人影晃动的旅馆深处，我跟幻蓝说，在她出国前，有一次我在地铁里看见了她，她是很美丽的姑娘。在日本的演出和交际都让我很开心——夜生活、明信片、歌本、变调夹、观众的和音和掌声都让我感动。摇滚明星那些充满魔力的作品就是在诉说生活的方方面面，这悲喜哀乐、爱恨参半的人生！哪里的天空都一样充满云朵，哪里的人生都充满悲伤和快乐。

在现代工业文明的前端，一切体会都变现为资本。到处蔓延的文化冲突,在各种种族冲突中弥漫着的文明伤口,让我们用音乐诉说着人间烟火。音乐就是连接不同文化、唤起心灵觉醒的力量!

在音乐面前,人性的本真被放大,思考者前行的脚步永不停歇。

在夜市,我独自一人吃了两顿饭,晚上又去吃了消夜。旅馆里还是有很多人在音乐中享受着自己的时间。

临走前我真的没有创造出更多感动,我想和朋友做一顿饭,并邀请这些天里认识的新朋友一起来吃,但又感觉路太远,日本的车费太贵。为了不打扰朋友,我放弃了开派对这个想法,心想反正他们都会经常来中国的。如果我能一直保持这样的放松心态,也许很多事情就不那么难了。

在自助餐厅吃饭,一个聪明的老外和我聊着见闻。高架桥下的夜市里,小贩和打扮各有特色的行人逐渐多起来了,有吉他手在弹琴唱歌,街边摆起了卖衣服和食物的地摊,有一个女生用清亮的嗓音一直在唱歌……我在旅馆听着,夕阳把对面楼里的镜面反射出一个特美的圆。总有鸟掠过天空,或者缠绕在高元寺的街面上，这是日本的一道特色风景。旅馆人来人往，我走前收拾好行李，和旅馆的老板约饭，结果老板只请我喝了自助啤酒——我们的离别也是很随意的，但是台湾朋友对我的帮助令我难忘。

临行前的一天，我因为不知道去哪里换钱，就在中野街头到处转，看到一个杂耍艺人在街头表演，想到在自由之丘演出时一个观众的慷慨。尽管大家在吃过消夜后没有回应我的招呼去卡拉 OK——我极想提议，但想了太多并没有说出口。后来我打算坐清晨的电车回去，但又熬不住，朋友给我们叫了出租车，在台风刮起的时候把我们送回了旅馆。二十多公里的距离，花了四百块"大洋"！回到旅馆，我看着观众递给我的钱，一瞬间感觉很愧疚。因为有嘉宾到场，他们唱完要回北京，观众就往台上投了一次钱。到我们这场时，我一直在笑场，可能因为不知道怎么和台下观众交流吧。

八天的旅行终于结束了，其中有四天在巡演。日本这个美丽的国家用它特有的魔力给我留下了美好的印象，让我在离别之际，便打算开始下次的旅程。它那别样的繁华与宁静，还有大都会的味道，都深深地印在我的脑海里。那群可爱的台湾人、来自大陆的歌迷，以及几个本地的日本朋友，要不是有他们的努力付出和陪伴捧场，我的演出也不会受到欢迎。唯一的遗憾是没有时间和他们再次相聚。感念、感恩的八天，特别地快乐和满足！

/ 二 /

Stive特别花哨地演唱他喜欢的那些英文歌曲，扫弦、吟唱，用各种方式向原唱者致敬。我们吃了东京好吃一条街的烧烤，喝了酒，真的很感激生活的际遇。东京的歌迷执意请客，我特别感动，还有多年前相识的东京的朋友。

去年，山中来了我和助手住的地方，我们匆匆见了一面。那次没有赶上我的演出，所以这次他特地带了好几个哥们来。我有点不好意思，急忙送上我的明信片礼物，他们想要我的新CD，我只能说实体CD还没有出来。那天我喝多了，脸红脖子粗的！

很早前,我去荷兰王宫演出,前些年到中国台湾和日本演出,这一年又来了日本。世界很大,从我第一次受到欧美音乐的影响到今天,二十年过去了。文化的交流是如此重要,你得了解、感悟和体验不同的文化,四处游走、学习;你得从书本中解放出去,真正领略文化交流的意义,和同行、不同圈层的人互相启发;你得聆听各种风格的音乐,交往各种人,拥有国际视野。在这样的氛围下,新知识才会像新皮肤一样在你身体上重新生长出来。

我体会到歌迷对我的真心支持。多么美好的夜晚!感恩所有。

世界第一站

在台北待了好几天，免费住在一个阿伯家。阿伯人六十岁不到，胳膊上有刺青，人精瘦矮小，看起来像不停盼望食物的小鼬鼠，说话条理清楚。阿伯还养了一只大狗。我却总以为他不是那么正常，也许只是因为人家是自由职业。我在工作的北京一个人待惯了，所以不习惯身边有人。

我在台湾的一部分生活是去南部巡演。花莲等城市有着郁郁葱葱的群山，那悬挂着的云朵垂坠在半山腰，我有一种出游的小确幸。

我与台湾的渊源有好几处，其中一个是2018年我本想申请来台做驻馆艺术家，可惜没有通过；另一个是因缘际会去了日本演出，遇到了台湾的乐团。如今，因为生活的变化，我通过好友的帮助来台巡演，也是一种机缘巧合。我曾经通过娱乐节目了解到台湾的文艺，很久之前，也有台湾的朋友来大陆搞艺术。几经辗转，这一次，我终于踏上了这座神秘的宝岛。

巡演第一站，我去了台北的女巫店，那里是某些独立女音乐人曾经驻足的地方，也是一个大家听说过的地方。联系人的朋友也来看我演出了。我没有特别准备曲目，匆匆地唱了一些新歌，累得连晚饭都没吃。

第二站，我去了新北的小店，很文艺，那天下着大雨。进去时正好有一个讲座，我跟主办人一起吃了那边的特色面。晚上吃消夜那会儿，我突然觉得有点像自己曾经在广州的生活。吃食一直是体会当地生活的一个元素。

第三站，我到了花莲的一个民宿，这里离市中心非常远，开窗就能看见蓝色的大海，处处洋溢着风情。一草一瓦，连屋顶的缦布，都是风景。如此美丽的地方！演出后和朋友聚会，也认识了一些在台湾搞演出的工作人员。加之当时正好有一场具有浓郁本土风情的音乐演出集会，我顺便去看了。那里聚集了各种各样的人：衣着美丽的少女，游荡天下的四方客，嬉皮士和博爱人士……他们和着鼓声，各种讲演、布道。有人买手作，有人练瑜伽，热闹非凡，让人充分领略了宝岛风情。

演出场所对面的一个民宿，是很有特色的自由青年的聚集地，大家在小院落里的场地上，听两个游走他乡的老外

071

唱歌。我们十多个人就像是自己人一般聚集在一起，分工干活。等轮到我唱时，不知道什么缘由，我唱了许多自己原本已经忘却的歌，大家很感动，买了许多我带过来的周边。

演出场所对面的另一家民宿里，又是另一番景致。我当时体会到的那种惊喜，是多少时间也换不回来的青春的感动。海边绿草茵茵，鼓声四起；土坡边那束发系腰的浪人，好像真的回到了天涯海角；海浪在金色的夕阳下翻卷，波涛摇曳……人的脚步真的可以到达这么远，世界有很多站，这里却是我的第一站。

后面三站的故事也是那么生动，台湾给我留下了深刻的印象。行程排得很满，我累到不想说话。巡演就要结束了，感谢大家的厚爱。每一次演出都是一种爱的连接。

路上的风景和人间真情都像晚餐一样，我记得它们的香味。愿我能做好每一首歌，演出也越来越具有大视野。

流动的光线

2000年年底，老吴来到我在团结湖的出租屋里，那时，我刚搬去不久，那是北京轻工业设计院的家属楼。碰巧的是，我在那儿碰到过1995年在广州认识的好友——漂亮模特罗湘晋。我们一直有交往，真不知道她会住在我楼上的四层。自从我长久地离开广州不再打混模特界，就逐渐失去了和旧时社交圈的联系，非常有限的好友名单里，只有她还偶尔发给过我一两个标有"2202"的电话号码。我一向是喜欢小罗的，也很希望这位标致美女有一份可观的事业。

我的房东是一对夫妻，女主人身材高大，十分肥胖，有点像孕妇。把高价的房租吸到手的半年后，我再次见到她时，发现当初认为她是个孕妇其实是个误会，不过这似乎一点也不影响潇洒倜傥的男主人对她的呵护关怀。看得出来，他们有令人羡慕的婚姻和收入稳定的工作，生活水平是北京居民的中间档。不过我总是很纳闷，为何他们家的坐便器十分窄小低矮，我一到卫生间总会被这个问题困扰，有时讲给朋友们听又觉得好玩。

我接受一些媒体采访，把我对音乐的回心转意表达得信

074

誓旦旦，但这不是因为我意识到我急需从一个人单干转变到完全拥有一支乐队。从 1997 年重回音乐的怀抱，我靠的是一个香港制作人 Jony，这里我还是要再次感谢他的无偿帮助，让我头一次拥有了属于自己的三首歌，编曲在 1995 年的基础上融汇了非常新颖的概念，是我主观上想进军流行音乐界的一次尝试。

而在 1997 年张亚东制作的《红星三号》音乐合辑里，他的重新编曲从某种意义上来说是一次小小的颠覆，这源于当时电子音乐的逐渐渗入。这些都加剧了我们在音乐上往不同方向的追索。之后的许多年，我都再没有过那样直接而勇敢的冲动，那是一次多么精彩的出击。然而，这勃起的精神迅速淹没在我泛滥的情感中了。情感的幻灭就是那时候的产物，而另一种如哀伤而平静的小提琴曲般独自倾注的情感，也无法挽回我错失知己的哀叹。我在流浪中渴望回归的精神，却随着一个类似柏拉图的爱的消亡而结束。

燃情岁月

来北京看的第一场有摇滚意味的演出,是在五道口的梦酒吧。那年月,北京各处的酒吧星星点点,一到晚上或是周末,到处都晃动着我们的影子。我们是认自己人的,因此,晚上或者周末,我们都会提前打扮,见到的人也无非是在另一个场合又会再见到的面孔。不过想起这些,心里一阵发酸,那时候,多么年轻,有很多时间消磨在这些写意的甜蜜中。

如今的子曰乐队,它早年并不叫这个名字,具体叫什么我一时想不起来。那会儿,透明的音乐就是我们的眼睛,我们彼此照亮,寻着地儿找自己的亮光,但亮光在哪儿呢,我们也说不上。

1996年,北京的文化圈里人物很多,但精英都藏在暗处,星星也在自己的世界暗自发光,等待某一天跃向世界的舞台。

当时还没有五大唱片公司,只有一个当年做火了"三杰"的魔岩唱片,他们签约了地下婴儿乐队,那是两年之后的事了。当日的罗琦还在北京,没有远走异国他乡,我专门买了她的专辑,听她那高亢的声音。我不知为什么制作人要把她的声调拔高一个八度,但我也不知应该跟谁说。人是要给自己最好的地方留点空间的,否则它就"没"了。

那会儿,我已经签了红星音乐,就地给当时的"财阀"招安了,但后来的结果是没捞着什么钱。而我的《罐头》的影响力来得不是时候,我原打算做一个自己的公司,想着这样我后来的创作就能留下更多的原始素材,或是总有一些新鲜而再也无法找到的声音,留在世上。

1996年,年前录摇滚专辑《摇滚北京Ⅱ》的时候,我就对"子曰四大仙"有一个大致的认识,过程有点复杂。从生活方式到做音乐的动机,以及相貌和穿着,他们都充分引起了我的好奇心。我估计任何一个香港人见到他们时发出的感慨一定和我的差不多。本来是情致上的差异造成了外在的隔膜,大家不是来自同一个地方,物质生活的基础就更不在一个层面上。但在当时肤浅的我面前,这是一个巨大的问号,我没有见过比他们更像农民的人了。

那时候的秋野估计还在房山或者什么地方生活着。他在梦酒吧的演出就像玩一场行为艺术,直接把照相机拿出来对准台下的大伙儿拍。再后来,老崔给他们监制了一张专辑,于是他们的口气就越来越像商人做广告一样,好像哪位有钱的主顾刚刚光顾过他们的店。

随之而来的是一个鼓手的"逃脱",说是玩乐队挺苦的,他受不了,就这样投向了流行乐的怀抱,投奔了轮回乐队。那伙计我在一个场合见过,"叛变"了革命不说,还打击了我们对摇滚乐的热情!发生这事秋野可气到家了。之后,我们一同在西安一家酒吧演出时,我见着他又找了自己的亲兄弟一起做乐队。就是这么回事,你劲不往一处使,能成事吗?

行吟者之歌

就像是我摁开了某种能量的开关，顿时狂风大作，乐声"东倒西歪"，格雷格·吉恩（Greg Ginn）那段经典的旋律响起，突然之间，我们又进到了亨利·罗林斯（Henry Rollings）歌里的世界。

2000年的春天，哥们癞子打电话叫我去兰州演出。演出地位于西郊的游乐园，离市区有不少公里，位置相当偏远。因着"五一"劳动节即将到来，加上兰州为全国运动员举办了一个活动，所以人来得不少。我住在游乐园招待所的两日，人来人往，节日的气氛很浓。

晌午，天色甚好，四月初春乍暖还寒，杨柳树上挂着未开苞的绒絮。看台离舞台不远，大概隔了十几道阶梯。演出场地和篮球场一般大。有情致的大人穿戴鲜艳，带着懵懂稚嫩的孩童乐呵呵地散坐在看台上面。这边的舞台上，音响师拉开了架势，拿着话筒"喂喂"地试音。话筒支架立了过来，音响里的乐器声也哧哧直响。看台上陆续坐满了人，我远远看见妈妈和弟弟也在，他们在人群里张望着。

我收拾了一下心情，给了吉他手一个眼神。音乐响起，我开始和着节奏唱起来。

虽然演唱时间不充分，排练的时间也很仓促，但无论是小帅哥还是那个戴帽子的老吉他手，或看起来农民气十足的鼓手，都是因为喜欢音乐才来演出的。虽然没有报酬，但这样的合作获得了观众的注目和在舞台上的那种满足感，这对他们来说就像享用了一顿丰盛的午餐。从他们身上，我好像看到了一个无拘无束的自己，和他们在精神上仿佛又多了一层契合。

鼓点走着，前奏和吉他的蛙音在轰隆直响的音响里传送着旋律，天边的云在后山上飘着，颇有些姿态，风也起了。这时间，更有鼓手在激情中四下排开鼓点，大家兴奋起来。我自创的高音一下子便随着张扬的情绪唱出，肆无忌惮，带着得意和真性情。不知是这乐队和出了我歌声里的情绪，还是那歌曲中的旋律本身就蕴涵着一股子催人心弦的力量。看演出的人心里一震，台上的音乐越发激昂，天越来越开阔，人群站定在台下。

全场静下来，原本那个灰蒙蒙的自己在一瞬间也被点燃了，一股暖流汇聚在观众和舞台之间。在沸腾如煮开了水的激情中，似乎每个人都感受到了音乐的力量，对音乐的爱随着歌声在舞台上飞扬，似腾空而起的飞鹰，用尽自己的力量飞翔，它知道，天空是它的归宿。

音乐的魔力真是神奇，只要是用心创作，并表达了创作者情感的作品，就像心里想说又说不出的话，你把它唱出来，它就会带着你飞翔，直到让你找到自由！自由，就是音乐的感觉，也是音乐的魅力所在，无论是高兴还是悲伤，我都是为自由而歌。做音乐的意义，无非如此吧！

演出完，我坐回到妈妈身边，她感慨地说道："你写的歌要都像这样就好了！"听妈妈这样说，我感到的不仅是安慰和满足，更觉出创作这首歌的动机和过程的珍贵。

其实刚开始做音乐的时候，我就是抱着在声音以及音乐表达上创新的念头。我想用自己最独特的方式去表现生命的激昂和深邃，这似乎是我的天性决定的。是的，我要的音乐的感觉就是这样直接，我要的生活的力量就是这样动人。与其他艺术相比，音乐更适合我狂放的性情和自由的心灵，也

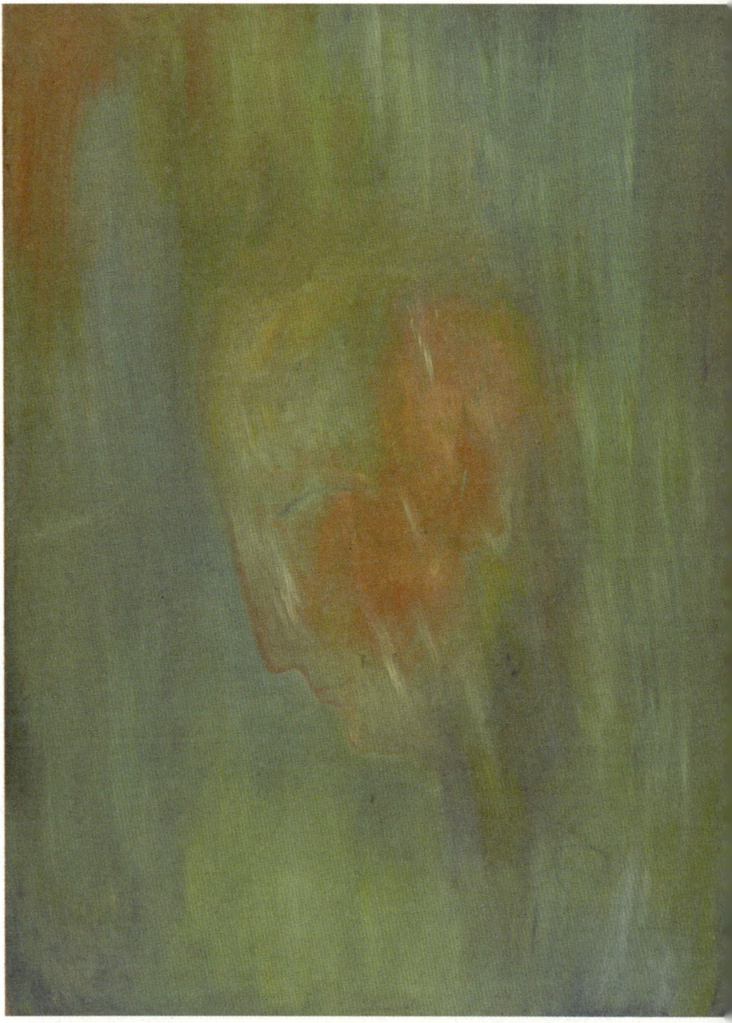

最能展现我无所顾忌的想象力，尽管这样的想象力有时因为感情的介入而容易把我变得疯狂。我知道那是因为我太想把所有的感情都竭尽所能地投入到音乐当中，因为只有用心做出的音乐才是最动人的。

排练时，另一个吉他手，在我演唱《游吟者》的高音时帮我叠加了吉他的三度模进，听起来十分动人。音乐就是应该让声音和乐器之间有对话，就像乐手和歌者之间应该有情感交流一样。

写《游吟者》的前半段词时，我还在遥远的广州游荡，回想那时候，往事像梦一样停驻在这多变的世界，而在这变换的四季里，又有多少爱和恨的故事有待讲述。当初创作这首歌的时候，旋律是在当时签约的那家公司写的，后来它经营不善，倒闭了。我至今想不明白当时怎么会用颇有家乡特色的旋律和歌调，加上一点震撼的高音来演唱。这便是创作这首歌的背景。

从孤独的个体转变为一个在舞台上的歌者，一个随时在疆场战斗的士兵，我就像一位被授衔的将军那样拥有荣誉感。驰骋在音乐的舞台上一直是我的梦想。当我一次次踩着自己的尸首取出爱所留下的弹片时,我的确在流血、牺牲。而在虚拟的网络空间,我无谓地浪费着自己的生命,用酒精麻痹着我业已失去的激情和狂热。

是的,演出是我唯一的生活,如果这是唯一能保持血性的生活,我只需要货真价实地演出,它会帮我解除一切世俗的烦恼,并让我保持清醒。在我小时候,音乐抚慰了我作为一个小孩所感受到的迷惘和孤独,它改变了我的生活,让我对生活有了意想不到的认识和理解。如果不做音乐,我可能是另一副样子,过着完全不同的生活。

音乐之于我就像花之于蜜蜂,演出则像是糖,是另一种甜蜜,有难以形容的回味。

我期待着下一次,当我穿过黑暗,走向黎明,你会在我的脸上看到坚定的笑容。

行走的阳台

好多年以前，我住在广州的广源路，那是个很杂乱、出没着各种不明身份的外省人的地方。本地的村民在炒河粉的饭馆里，给我下了一碗水饺，在最上面铺了一层菜叶。我还点了河粉，心情复杂地捞着、吃着，生怕长相古怪的本地人用不正常的眼光看我。夜晚，我总会想家，而家对我来说，也只是不同于广州潮湿气候的一个干燥的思念。

我在这里没有朋友，偶尔会跑下九层高的楼回复一个电话，显示电话号码的屏幕上是一个又一个我不太熟悉的广告导演，他们有些是和我一样的外省人。在这里，我没有和不说普通话的本地人交上朋友。在另一个圈子，我也会偶尔见到青海的英俊老乡，他因为也来拍广告和我做了一天搭档，我们坐在美丽的珠江岸边，说着自己的明天。在广源路附近裸露着狰狞钢筋、正在修建的立交桥边，我知道我的道路要走得比他远，且艰辛。他说他想延续过去的生活，我望着一艘驶过江面的轮船，没告诉他，我会离开这里，也没有告诉他，我的天空在北方的尽头。

后来，我搬去了离火车站不远的九层公寓里，我变得更懒惰。我常常在白天无端地半裸身子站在阳台上看街上的行人在雨中疾行,那景象就像在飞机上看车流如蚂蚁,心里惶惶的;又像小时候在沙堆里挖洞穴,放进去一小块白糖,就看到蚂蚁成群结队地来来去去忙个不停。飞机每天从头顶叫嚣着离去,我想知道哪一天我会带着我的阳台离开这里。

在竹林横立的石牌,在晾着一排衣服没有间隙的阳台(我的衣服因为潮湿还起了白毛),我的心情如一滴墨水在雪白的纸上化开。我梦见自己变成了这光线中的一个小点儿,那墨的笔迹就是淹没我情趣的广州,我找不到完整的生活之地,却允许自己迷失在荧光灯下,因为我的青春在这里有了落脚之地,我的青春仿佛也将要葬送在这里。

我的生活日夜颠倒,每天,室外总有附近学校的孩子们打鼓的声音传来,我还是与它们有缘的。我醒过来,开始上街去看那些刚运来的打口碟,难道它们就是我的天堂,或者也是我的地狱!

我在星光花园酒店和欧看见有印度服务员站在门口,不知为什么,我心里却觉得酸楚,好好的一个人,却像装饰品似的贴在酒店的门边,正如自己也贴在这个城市,飘来荡去,好像借来的躯壳住在一个叫"我"的身体里。

迷失是自我觉醒的开始,孤独是音乐的开始!

在如困兽般的日子里,我过得实实在在。没有人来往的冬天、夏天,我成了不会说话的动物。屋子光洁,里面张贴着青春的笑脸,我总是让屋子里响着音乐,它会填充我寂寞的灵魂,我自己煮东西吃,把腿搭在桌子上看书,整个夏天屋外都响着孩子们的鼓声。是的,音乐也是分层次的,我不要"一张旧船票",也不要"蓝蓝的天",我要无数个我中最真的自己。我爱听狗叫的声音,也希望被卖烤串的吆喝声和汽车、地铁呼啸而过的声音所迷惑,我用录音机录下水龙头的滴水声和我的歌声,我喜欢让人置身异境的音乐。

音乐就是无数个声音的组合。

我买了一把蓝色的红棉吉他,试着在弹奏时添上我憋在心里的孤独感。这把琴像一个未经开垦的处女地,我正在写下一个游吟者最初的歌!

2004年9月的一个下午,金色的阳光照在我身上,我感到一种刺骨的心痛,望着屋子墙上那张青春的笑靥,我难道就这样放弃了一切?我再也不能这样待下去了,我想离开这里!

　　带着我的阳台离开,我精神饱满,一切尚在远方。

血液之花

当我还是个懵懂少女时,我就已经拥有幸运女神的眷顾。经过漫长时光的冲刷,那一切似乎还历历在目,犹如昨日之事。

小提琴初试的通过被我视为幸运,而接下来的复试对我来说不知意味着什么。那时,我个子不高,身材瘦小,两只手看起来也小小的,这在学一门乐器,尤其像小提琴这样的乐器上,我属于没有什么优势条件的。前些日子的比赛好像还在刺激着我的心,不过,我也知道后面的复试一关才是真正的重点。当我把自己的担忧和考试的状况告诉妈妈后,妈妈和我吃过晚饭,她就带我去州招待所找招考我的老师。

太阳刚刚落山,八九月的天气,高原的温差很大,天上的云在日落的光线中像银色的被子,飘在山头。大约去得正是时候,当我和妈妈到达招待所时,院子里所有的招考老师都在,只有那位主考小提琴专业的老师待在另一边,离其他老师不远,好像思索着什么。

老师是一位说话带有山东口音的中年人,和蔼可亲,印象中他十分和善,在初试的考核中我对他有很深的印象,我感觉他是个正直、心地宽厚的人。在黄昏金色的余晖中，其他老师都披着御寒的军大衣，聚在一起聊天，当我用手指将正在低头思考的人指给妈妈时，老师正好抬起了头，我和妈妈便走过去，询问我考试的情况。老师叫妈妈不要太过担心，并简单说明了我的考试状况。两人交谈了一会儿后，出于礼貌，妈妈便邀请老师去我们离这不远的家里坐坐。天色尚早，大约是那时休息也还早，又没有其他去处，去了解一下学生家里的情况也不打紧吧，老师略微想了一下便答应了。刚才在门口闲聊的其他老师们因气候的不适，不知什么时候都进屋了。在周围嬉闹、观看着外来人的小朋友，一瞬间也不知四散去了哪里，周围静悄悄的。

虽然心里还担心着明日的考试，但因为老师的安慰和光顾，我跟随妈妈回家的脚步声也轻快起来。

还没上小坡，就听见屋里传来"唧唧哑哑"的琴声，我知道爸爸又在动我那把小提琴了。天知道，他这会儿是在抒发自己孤独的感受，还是趁着我和妈妈不在摸索两下琴技。

那是1982年的秋天，生活即将为我打开新的一页，我欣喜由音乐开始，我的人生即将展开新的画面。

自老师进门，爸爸便停止了他那业余的拨弄声，随着妈妈的介绍，那把小小的儿童琴到了老师手上。经过简单的调弄，在妈妈的炒菜声中，我和爸爸倾听起了老师优美的琴声。

《梁祝》是一首非常婉约的小提琴曲，听过无数人拉这首曲子之后，无疑老师演奏的这版最令我难以忘怀。琴很小，但这不影响老师的表现力，悠扬、抒情的琴声一下子让我们感觉到他那饱满的热情，这是自从我拥有这把小提琴后，第一次听到另一种我不曾听到过的琴声。

那应该算是以音乐，或者以琴声为媒介的最好的沟通吧，它如此神圣，又如此真实！琴声里预示着新生活的召唤，如一群自由的鸽子在天空中回旋，悠然自得。我的心里充满天真稚气的遐想。琴声中的情感是那么剔透、明亮，就像老师，还有妈妈身上丰富的人性，恍如薄雾中光的闪现，顿时照亮了我的双眼。

此时此刻，就像一根轻柔的羽毛拂在脸上的温柔，我感到幸运女神的光临，好像那个我从小梦想的世界已不再遥远。

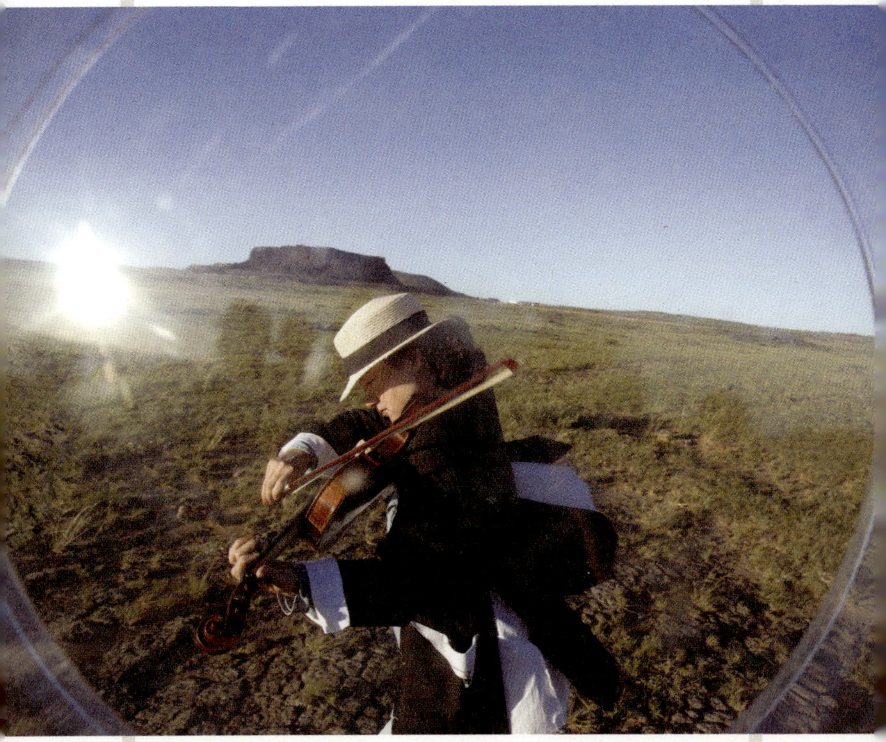

老师拉完琴后,我们都没说话。我和爸爸沉浸在这美好的音乐中,我相信妈妈也同时被感染了。

回过神,妈妈已将做好的菜摆在了外屋的桌上,我不能多说什么,只希望这份由音乐连接起来的缘分,使这个陌生而又让人敬爱的人能多吃一点。临走前,老师也好像很感动,在他微笑的眼睛里,也许,他感受到的是一个母亲疼惜孩子的全部感情,有人会在这个落后的草原小镇,为自己的孩子买一把小提琴,这是他怎么也想不到的,就像如今的我也会觉得那是我生命中最奢侈的一件礼物。

记得九岁那一年,因为有一次看到同学铅笔盒上有一个拉小提琴的天使,一瞬间,我小小的心被震动了,好像我人生中所有的快乐和美好都被那铅笔盒上的小人儿给预示了。从此,音乐成了我难以改变的梦想。

也是从那时候起,一把32元钱的儿童琴一直陪伴着我,那是妈妈带着对孩子满腔的爱心用她微薄的工资买给我的成年礼物,虽然在后来的岁月里,因为自己的不珍惜,渐渐让它褪了色,甚至遗忘了它原有的情感和意义。

音乐是我生活的全部意义,我喜欢留在我人生中的第一首歌,它意味着我将用全部的情感去寻找这喑哑岁月里更多的歌唱,生活会让我用自己的琴声把心头最赤诚的爱献给我最爱的人。

或许生活就是为了让你用自己的力量,将你所拥有的爱献给那些曾激励和感动过你的人,也只有这样才不会辜负它给你的所有馈赠。我感谢妈妈给我命运的转折和牵引,我感谢她!

无数的感慨萦绕在我心头,生活在继续,回旋的音符仍在头顶旋转,那些让人眩晕的旋律,久久回荡在我心头,难以散去。在断断续续与音乐相伴的这些年里,音乐给了我新的生活;为了报答,我将给予音乐我的一生。

音乐历程之灰色年代

2000年到来前的除夕夜,在有许多乐队参与的大西俱乐部搞的活动上,我认识了小索和他们的乐队。之后,借着一同在西安演出的机会,在那间由两个西安鞋匠投资的酒吧里,我和小索的乐队说起了日后合作的计划。

那是一个灰色浪漫、未经开垦的时代,一切鲜活如灰色精灵的歌谣。

我回到北京,每周三从团结湖北二条打车去歌舞团,穿过东拐西弯的楼梯,可以听见来自不同房间里乐器传出的声音,仿佛游吟生涯中的一个小村落或是一个小群体,就这样出现在我的视野里。

一位蒙古族女孩和小索的前女友住在小索隔壁的房间,她们每天练习的长笛与钢琴是我熟悉的学院式风格。在分裂的游吟生活与学院式的正统教育之间,我试着解读小索乐队的民歌密码。

那时,我经亚东介绍参加1998年星空音乐台(Channel V)在中国戏曲学院举办的音乐活动。长于抒情的我时常漫步在歌舞团地下排练室的一角,捣鼓自己那未经开垦的民谣之路。我时常在排练后请小索和张佺两位去附近的饭馆撮一顿，算是对他们的报答。

录下那些最早和我生命体系相伴的歌曲，只是一种告知朋友我们友谊的落点和生活乐趣的途径。音乐，使陌生的人成为朋友。这是我记录下排练时的感受的唯一理由。

小样快录完的时候，我和野孩子其中一位成员发生了冲突，我不知道有什么理由可以拒绝官方举办的音乐活动和比赛，我只想演出，让更多的人了解我的作品，以及我那些埋藏在心底的音乐理念。我处在一个多变的时代，新生的事物和个人的能量使我对他的情绪产生了抵触，于是我们不欢而散。

我还记得那是1998年夏天，我们一起从西安演出完后，我一个人离开西安。在搭乘飞机的沿途，经过秋天那漫无边际的麦浪，秋风摇曳着谷穗，把希望的种子撒在田野上，同时也摇曳着我火热的青春与理想。我是一个时常喜欢把热泪和鲜血挂钩的女孩，也是一个喜欢把土地和岁月凝聚成一种情结的人，由于种种可能，我必然要寻找一条属于自己的自由的终极之途。

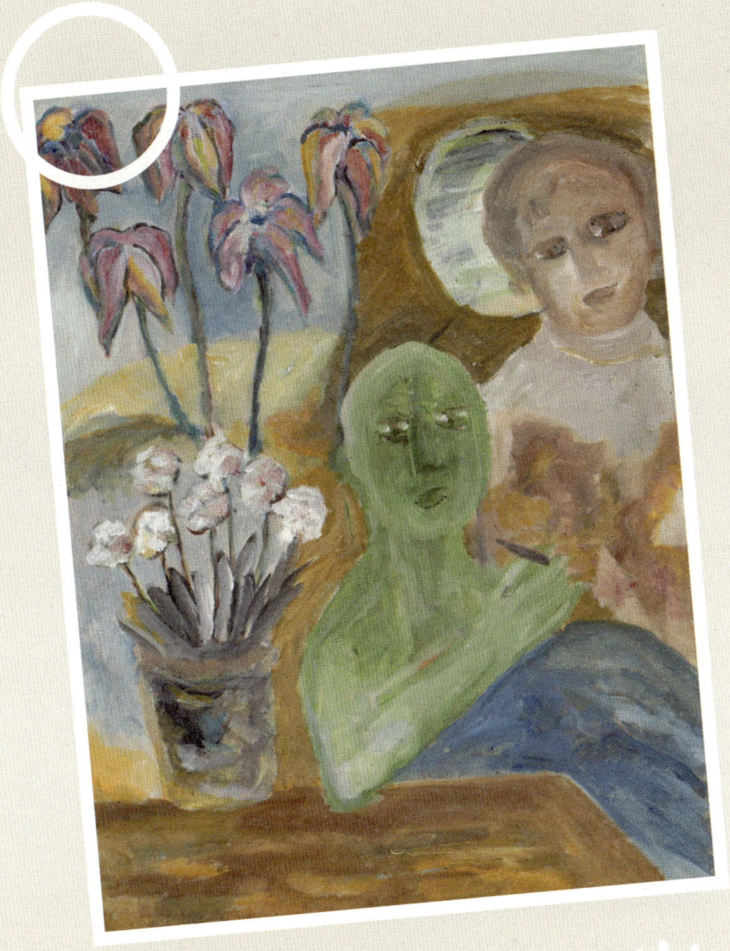

演出前那晚在彩排时发生的争执，说到底是因为在音乐理念上有分歧，张佺认为音乐活动和比赛是作秀性质的表演，但在我看来，作为一个演员，没有演出就意味着没有生命，会失去艺术创作的最基本条件，我敢肯定我们都不仅仅是为了生存而要这么做。

另一位乐队成员的反对令我尴尬，而且愤怒，也使温和的小索沉默。我知道如果当时我用恳求的态度和他们沟通的话，或许会为我们以后的合作演出赢得更多的机会，也将使我们在艰难岁月中的相互扶持具有实质性的意义。

一定程度的分野没有使我们成为战友，我们逐渐过渡为好友。有两次我邀请他们参加了我后来在电视台的演出，我去电视台演出的原因十分简单，就是为了挣钱，尽管这不是我做音乐的真正目的。

再以后，小索他们开了酒吧，也有很多地方邀请他们去演出，他们甚至十分光荣地参加了一届在英国举办的音乐活动。2002年8月，在丽江举办的雪山音乐节上，"真唱运动"依然火热。那一夜，在骆驼酒吧，大家尽兴地玩耍，把音乐的即兴玩到了高潮。

那是我最快乐的时光,也只有和过去的战友在这样的场合,我们又能结合为一体,成为相融在彼此容器里的水和鱼,流动在我们内心的情感和音符是最真挚的语言。

后来的故事,三十而立的小索换了女友,结婚,离婚,故去。我本还期待如果有机会再与他们合作,将那张未完成的小样重新发表。我等待着重新与他们融为一体的合作。然而,到现在,那些我们一起写的民谣作品被我搁置在一个CD包里,很久没听了。

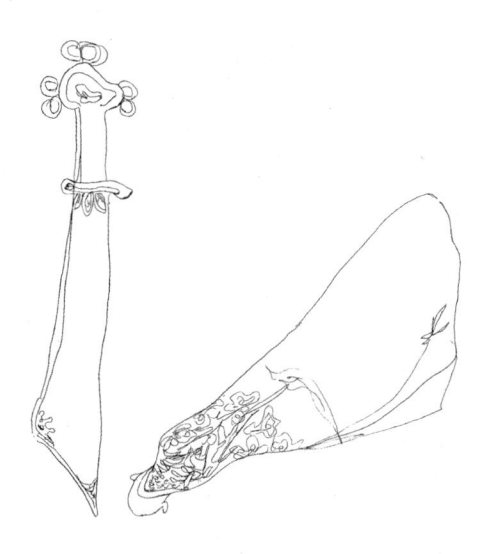

异乡之子

/ 一 /

我住在黄杉木店,在住处附近那条乱糟糟的街上,有一些在街边长大的孩子。

有一对兄弟是水果商贩的孩子,我早晨或晚上出门走过那条街的时候,总能看到那两个孩子在街旁由妈妈引导着吃饭,他们的生活是由行人和路边的过客组成的,由一些在我看来不确定、不稳定的生活因素构成,或许这就是外乡人的境遇。我在这条街上的生活,连同我对外来生活的歌唱,组成了我的今天。

当我又一次拿着登租房广告的报纸约见房东的时候,漂泊的无定和情感的落寞使我又走向了征战沙场的历程,这次是从黄杉木店到鼓楼,从以艺术为生到成为流行音乐人的转变。

记忆中,当我在暗黑的小破屋解读美国偶像大赛,解读录像里美貌的模特时,我叠加在一起的行李包,整整在小屋里放了一年。屋子极其狭小,每天目之所及的是低矮的屋檐、屋檐上的蓝色天空、密如细线般交织在天空中的电线，这些都是生活的希望。

在不同空间租住的环境都留在了我的相机里：那些来来往往的陌生人，那些在北京开垦土地与梦想的外乡人，那些心怀理想在艺术殿宇里开垦着荒原的青年，那些在现场倾听我心声的观众，那些在欢愉的聚会上挥洒青春的少年。

什么时候开始，音乐已经与理想信念无关，它们只和简单的生存挂钩。

当我把情感当作赢得整个人生的筹码时，太多的回忆里填充的都是漫长的寻找和等待，关于爱情，关于理想和奋斗。那个我来回走过的小路上的网吧，是一对熟悉的做生意的夫妻开的。我在那里寂寞地流着眼泪，写下了《为爱的情》的最初草稿。

那时还没有微博，而我已忘了在孤立中极端地等待着事业与情感的统一有多久了。

我，只是不懂这有多么天真，其中充满了博弈的风险。

路，和沙子，还有枯黄的树木；冬天，寒冷的夜，漆黑的、暗黑的生活与颠倒的自我。

在冬天的寂寞和孤独里，在过年的爆竹声里，我只能在小屋里，在紧挨着床边的凳子上煮食我的速冻水饺。那些媚俗的小贩的脸色，使那条灰土路成了我无法忘却的回忆。

后来，烟酒成了我的朋友，成了背叛自我最好的伴侣。在暗黑的生存哲学里，一个把吉他和钢琴当作伴侣的女人凄凉地转变成了描写盲流生活的歌者，而在那些辗转流离的心绪里，音乐和绘画成了解读人性的密码。

在我住的小杂院，各式的人物充斥在北京的一角，就像千万个流落在北京的"盲流"一样。小院附近有一对夫妻在旁边的超市上班，因着工作的牵绊，我与他们有了交往，也许因为都是社会不稳定因素中的一员，随着时间的流逝，我与他们逐渐相熟并友好起来。我时常和他们吃饭、喝酒、聊天，也和夫妻俩谈论生活和将来，在我把事业和感情都维系在一个人身上这件事影响到他们时，由于合住以及工作上的不便，他们把孩子送回了老家。

我在《小木船》里写下了多余的爱。我的情绪像小木船一样辗转纠结，独自面对一个永远无法预知的将来。我和朋友夏天会坐在一起吃饭、喝酒。我也常常和小杨一起谈个人，谈家乡，说着自己的事情。我跟着十三月去巡演，在礼堂那人声鼎沸的空间里，随着观众的掌声而转身谢幕时，思想化作孤独的叹息，像生命本就在寻找传奇的可能。

在我住的小院，有脸色焦黄的女裁缝和她的丈夫，还有勤劳工作的不登对的炸鸡夫妇。夏日久旱不下雨时的天色，构成了我了解底层生活的基色。在肮脏的厕所和街道构筑的村庄群落中，旁边的高楼大厦，显示了这个城市的喧嚣、嘈杂和庞大。这的确是异乡之子唯一能在其怀抱中得以生活的理由。

在大都市挣钱闯荡，为的是寻找那在乡村和小城镇没有的机会。

和我有缘的那对夫妻就这样凭着几百块的房租，在北京找到了安身之处。后来他们用从超市挣到的钱租了对面商场的一间商铺，改善了自己的生存状态。

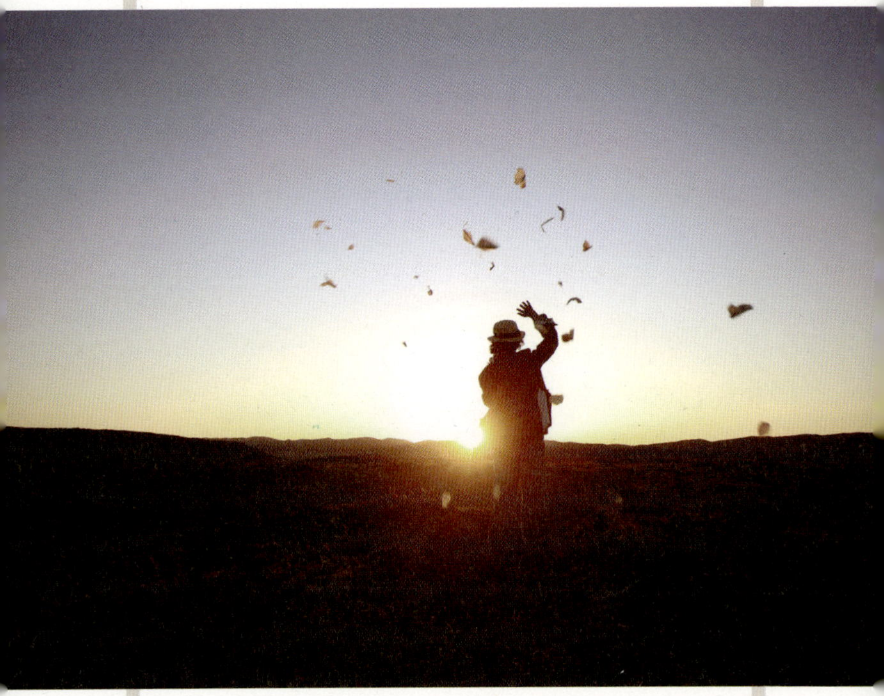

/ 二 /

我找了乐手,去录音,去录写了很多年的作品,也弹奏了已经遗忘很久的钢琴。在即兴的演奏里,我得到的是一种失落的回音。在追求爱情的路上,我不得其法,于是写下了一页茫然的"心碑"。

漂泊就是我的生活,因为我没有爱情,没有一个守护自己的家。在这漫无目的的游荡和漫步之间,生命被不知名的东西给左右和度量了,在无谓的浪费和折磨中总有一口气使我顶着。那些优秀的思想与音乐是经过千锤百炼后对爱的真挚诠释,它们是我唯一的光辉,照耀着我行进的生命。在唱片公司朋友的帮助下,我继续蹭棚录了《多余的爱》和那时候的其他作品。我在录音棚里打量着那些歌手的照片,听到一些往事和乐坛的发展状况,我像做梦一样,而后又要回到我那灰色的小屋。那没有网络、电视,时光交错的地方,夏天,绿树掩映,我在院外弹琴,人们来来往往。

我的乐手换来换去,我用吉他弹出了很多我意料不到的歌曲——《游子吟》《小木船》，以及许多深情之作。无数个早晨和夜晚，我都在流离和期盼中度过，我的生活也在对情感的期待中逐渐凋零。在不多的朋友中，只有我每次路过那对夫妻所住的地方时，我的心才好像找到了回归的方向，友谊也许是爱情以外的另一种精神港湾。

在一些酒吧里进行为数不多的演出时，我始终期待着爱的降临，就像期待着我那些一直不能出版的作品的面世。我和那对夫妻一样，不知道命运最终的归属。

说起很多事的由来，其实都是跟着生活的变故走，我无法维持某种安稳生活形态的缘由，在我的《潜流》里已经有了解说。

或许我爱错了什么人吧，当我逐渐安顿下来，在新的轮回里体验新的感受时，我唯一学会的就是等待。

没有公司安排时，朋友会拉我去酒吧演出，这基本奠定了我生活的基调，我忘了人生的使命与宗旨。

月夜河

搬到北京后,我在这个城市的生活就像合欢树下的灰色银鼠,不停地从这个洞穴移到另一个洞穴,我的生活也常常因为这种改变而改变。

住在朝阳公园附近的时候,夏夜,我总爱在晚饭后步行到河酒吧,"河"在2002年的夏天分外迷人,那儿有执着于音乐的同行,有不时来享受自由氛围的道友,但凡你路过那儿,在成堆的人群中总会看到那些眼光中流露出恬淡表情的各色人种,不同国籍的青年聚集在这块土地上,好像树木在寻根,抑或访寻那丢失的伙伴!

在我眼中,他们不仅视"河"为自己的心灵家园,更将其看作没有阶级与等级之分的一片净土。

那间用竹帘装饰的吧台上,挂着一幅印有云南染布的挂图,还有一份标着乐队演出信息的节目单;简易而朴实的舞台边上,有一台小小的调音台;厕所里挂着一些写有标语的小木板。这些老物件都使你怀念它们。

仔细想想,在偌大的北京,有几家酒吧是可以供乐手和爱乐之人随意在舞台上即兴演奏的呢?"河"在形式和内容

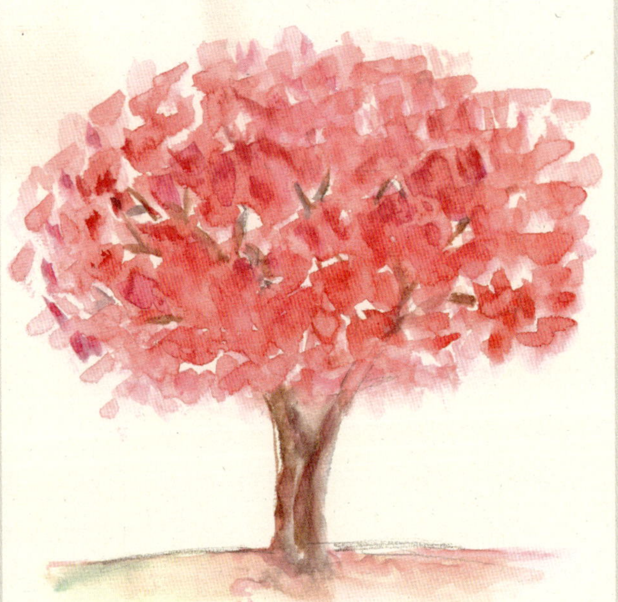

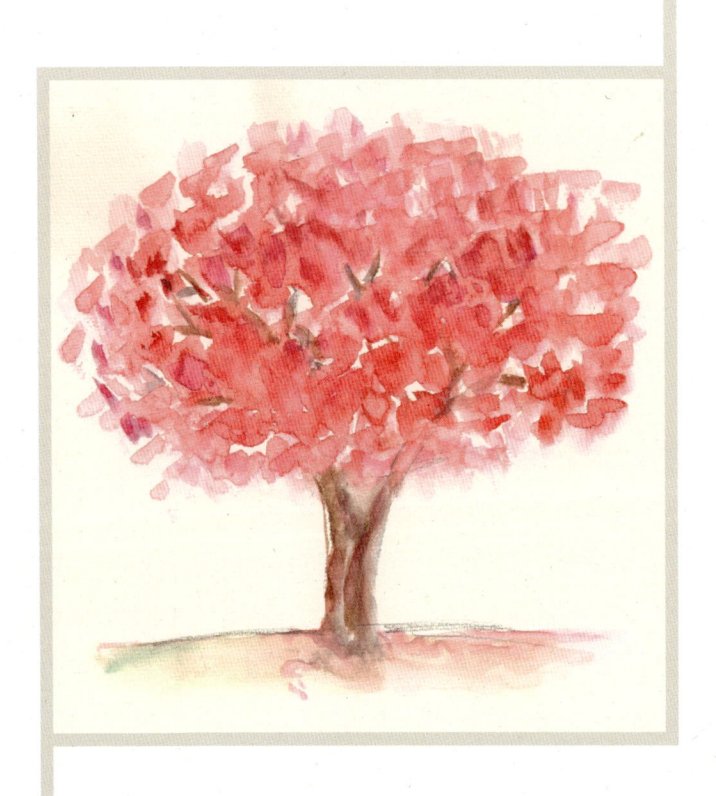

上做到了统一。它不仅作为一个可以来喝酒的功能型酒吧而存在，还为那些需要情感寄托的人提供了表达的舞台，它让人觉得音乐在这儿才是真正的主人。也只有如此，它才能吸引更多的听者和朋友。

拥有一个为朋友而开设的酒吧，一个用音乐来说话的地方——这瞬间也成了我的梦想。我真希望有一天自己也能为别人提供一个这样的场地。"河"几乎成了"无家可回"之人的乐园，更是连接所有朴实情感的小据点。我常常和三五知己在这里相谈甚欢。如果那时你常来这里，你一定能看到我在"河"那半片小小的舞台和只有一台老旧的调音台的前台玩耍的场景。2002年的整个夏季的周末之夜，"河"都是一个我歌唱的广袤天地。

它虽如此简易，却带给了我，以及像我一样的游吟者们许多欢乐。我怎么能不记得和野孩子，还有大把的兰州好友在这里共度良宵的月夜；在那条大型洒水机压过路面的长虹桥人行道上，也留下我和朋友们每个夜晚离开"河"后的燕语莺歌。也就是在那个通往彼岸的舞台上，我对着那支麦克风激越抒情，完整表露自我，那真是我对自己生活最随意的表达。

每一次爱情在落幕时留下的灰尘，与风、与那轮时常在我眼前亮起的明月，都在时光中流逝。多情的我，已在不断的变故中将自己视为"河"的主人，也许仅仅是因为，那里曾留下过我无比自由而流畅的歌声，那份感动，即使堆起无数音符，也无法彻底表达。

实验的花朵

思想的对立和矛盾是艺术实验的极致，也是一个艺术家对艺术应有的态度。

我写吴文光，是因为他的关注点、他的个人足迹、他对纪录片的热衷，以及对新影像艺术的投身，这些都让我对他感兴趣。随着我和他一起工作的几个来回，我们之间有了更多的联系与接触。

2000年11月的一个下午，吴找我为荷兰皇家艺术协会的颁奖典礼做一个多媒体演出。除了他自己的影像参与，负责器乐部分的是平时总和我们在一块儿吃饭喝酒的王勇。作为主要联络人，吴邀请了我和王勇。获得2001年克劳斯亲王奖的是中国的摇滚先锋崔健。吴、王和我私交甚笃，经过两次即兴排演，在12月底的某天，我们仨终于踏上了去阿姆斯特丹的航班。

老吴是个热情拙朴的男子汉，他对当代文化艺术的思考过于认真，我总能在他身上看到很多在现代都市中消失已久的品质。对于我这样个性的人来说，老吴的艺术气质是乡土的、简单的，但因为这份简单和乡土，我们后来有了一次十分有纪念意义的合作。

多媒体艺术本来就是现代综合媒介的产物，它形式多样，可以说是无所不包，十分自由。当我还未尝试在艺术的海洋里点燃自己的火花时，各种各样奇怪的梦就聚集在我心头，我很高兴有机会尝试这样类型的实验艺术。

荷兰属于西欧地区，在北半球，从中国飞过去全程需要十七八个小时，中途在法兰克福转机。飞机上，我在收音机频道上搜索着自己喜爱的节目。因为我是第一次出国，加上有工作在身，满足感和兴奋感使我无法入睡。演出由荷兰皇家所属的艺术组织安排，我们的待遇非常不错，乘坐的是头等舱，签证的时间也不短，我们可以在国外逗留一个月。飞机落地，当步入明亮宽敞的机场大门时，我就预感这将是一次愉快的旅行。国航的机体大而舒服，座位之间相当宽敞，座椅宽大得使我感觉像睡在一个巨大的躺椅里。乘务员看起来年岁都很大，态度也都很好。远途旅行时，飞机飞行到一定高度会让人感觉不到自己在空中。那时我想到，再过几个小时，我们的眼睛将会与地球的另一端相连。

不知过了多久，我睁眼看窗外，原来我们已经从法兰克福那干净宽阔的机场再次启程,进入了荷兰领空。万千灯火在漆黑的陆地上像一颗颗发亮的明珠,就那样遥远地闪烁着,我一时无法分辨它们到底是生长在海面还是陆地上。一瞬间,说不出的感动洋溢在我的内心,我竟能有机会欣赏这样的人间美景,那一刻的震撼,突然让我好生感动。那时,我不知道我的家人,以及那些我经常在电视上看到的正在经历战争与苦难的人们,那些和我一样成长在贫瘠土壤上的故土的亲人,在世界的其他地方都在做着什么。一时间,我百感交集,好像所有对生活的感激和体会一下子都涌上心头。俯瞰如此美景,怎不感觉幸福,我庆幸自己能有这样的体验。

荷兰实在是个美丽的国家,我喜欢那些俊美多情的建筑,那些富有人情味的红红绿绿的房子,我对阿姆斯特丹最初的深情就源于这些建筑。我是个注重形式美的人,哪里有美食我也许忘得一干二净,但那些奇特的建筑或者有利于开阔我眼界的事物,它们就像外星人留在地球上的奇奇怪怪的杰作,我会为之深深沉迷。

这次我的工作是配合吴的影像与王的中国古筝表演,我一向青睐人声交合的多媒体艺术。老吴为了加强表演中的中国艺术特色，除了古筝和他那别开生面的录影，还让我负责在表演的中途即兴演唱一些富有民族特色的曲调。三者交汇的艺术语言激发了这次活动中荷兰人的热情，无论女皇或者大学教授，都被独具魅力的东方风情所吸引，我们的表演引起了大家久久的赞慕，这使我有了作为一个中国人的骄傲。

我很高兴能有这样一次经历，能够实践自己的实验艺术。其实早在国内的两次排练中，我就把做音乐初期对民歌旋律特色的体悟和发挥进行了总结。记忆中有一次去电影学院找朋友时，在晚间的留学生宿舍楼下的过道里，我放声长歌。那时，富有民族特色的旋律是我的最爱。我以前创作的大部分歌都具有这样的特色，虽然它不洋气，可其中蕴含的精神是特别欢快的。只有咱们中国，无论什么地方的音乐，都饱含着欢乐的元素。也许我骨子里的朝气和阳光使我认同着民族音乐中的欢快。实际上，这大概是一种世界观吧。

荷兰是个开放的国家，在那里，我们尽情领略了阿姆斯特丹这个城市的风土人情，也和主办这次活动的各界人士有了非常亲密的联系。演出结束后，由于老吴另有任务，急需安排其他演出，我便留在阿姆斯特丹，和王勇一起，去了他的朋友魏特在比利时的家。比利时是一个有着童话色彩的国家。

回国前我在机场买了一些教堂和德国建筑模型。由于时间紧张，我没去附近几个国家会见朋友，只在比利时的安特卫普享受了友情带来的欢乐。在演出和旅游并行的这次外出中，新的音乐形式的呈现加剧了我对未来前途的憧憬，真希望我的签证（当时我可以在欧洲部分国家逗留至2005年）能把我送到世界各地我所需要的那些演出中，那样，我将会和现在有怎样的区别呢？在社会中经过多年的浮沉历练，我依然保持着对音乐单纯质朴的情感和清纯天真的心态，音乐在我身体里与我的血液一起流淌。我知道随着岁月的变迁和个人阅历的增加，我会有所变化，但我内心深处那个叫作坚强的东西是不会更改的。

一想到在艺术上的追求带动着我对新生活的开创，我便幸福地笑了。

台湾行记

我是一个缺乏知识训练的人,虽然看似有一些想法,但事实上,除了学生时代学到的那点儿书本知识,我已经忘记了自己近些年来还学过些什么。我热衷在社会上打拼,应对生存的残酷和自我的寂寞、孤独。这种寂寞,体现在生活中的大小事处处都要学习。因为凡事要靠自己学习,所以总是什么都想学,结果呢,总是随波逐流,不了了之。于是明白,坚定地做一个行走于社会的音乐艺术走读生是非常必要的。

我在艺术圈混迹多年,见过形形色色的艺术家、各种不同的独立音乐人,他们中大部分人的音乐或是自己创作的艺术作品都很有特色。在大陆,靠艺术吃饭并不比台湾难。比如在广州,很多独立音乐人为了生存,最后总是会对现实妥协,但也总有能把音乐事业坚持下来的人,他们总能以一种超凡脱俗的态度去容忍社会的不公和规则的多变。有这样特质的人多是一些有见解的、精神上很特别的人,在独立音乐圈,这一点很重要。

我 2019 年来台"走读",认识了一些台湾的音乐人士,也领略了宝岛的民生和风土人情。紧凑的行程、短暂的了解，使我觉得在追求音乐理想的道路上，我们不仅需要坚持，更需要互相关怀、共同成长。两岸的音乐人文环境无论地上还是地下，联系都非常紧密。

在我之前，就有野火的厂牌联合大陆的小河、万小利、张玮玮等一众民谣歌手，以及小寒、邱大力等人，一起在台交流、演出。

我在台湾巡演的第二站，见到了铁花村的主力军，他们是角头音乐的，这群人点燃了台湾音乐的火花。在好的窝酒吧也有很具创造力的夫妇，他们似乎给原住民的部落音乐带来了与众不同的热情和贡献，使我非常感动。回想起来，大陆音乐人这两年来台的也很多，比如陈粒、痛仰乐队等。

我"走读"台湾，其实就是一种自我提升，我见识了不同的音乐人，和他们一起演出，和台北的漂鸟乐团合作录音时，我有非常好的感受。在好有感觉唱片公司排练，在三芝录音等经历都让我想在台湾待更久。

短短数日，却像过了很多天一样。我很快踏上了回北京的路，祝愿着各位朋友能多多保重。

也希望我可以继续唱着《绿岛小夜曲》和《何处是爱》,在《红色堡垒》的音符里越来越好。

我心翱翔

> 把自己想成一个天堂，爱就没有那么艰难。
>
> ——题记

来北京的路，不好走；关于北京的歌，不好写，也不好唱。我来北京唱的第一首歌，是在百花胡同录的，帮我录音的那个人，是后来多少和摇滚有些渊源的一位老哥。

那时，我还没有签约红星唱片，就更谈不上做其他事了。我一个人在北京四处寻找志同道合的战友，或者是一两个能谈得来的艺术圈的朋友。

应是凑巧，我一竿子撞在了摇滚的大车轮上。我决心要做一只凌空展翅高歌的大鸩，让自己的人生更加精彩。

说实话，我那时没有创作经验，只是依靠本能去实践。不像现在，学会去倾听别人的音乐，并从各种艺术形式里偷师。而当初，根本用不着来这套，我完全是靠自我意识去创作，有极高的自觉性，生怕听了别人的东西自己受影响。

那时，我来北京时间不长，认识的人没几个，除了接触从前的"老游击队员"，便是天天去各处酒吧。那年月，北京的酒吧和我在北京看到的人一样新鲜。

老哥录音的时候我们也凑着去，那时候，《张浅潜的阳台》也在香港制作人手里诞生。我就是带着它来到北京。老哥他们同意帮我录制一个单曲，我选了《继续漫游》。这首歌的歌词里有几个"耶耶耶耶"，听起来像在唱"爷爷爷爷"。我对着墙壁练唱，有几个地方的调子唱得拐了弯。那时我才发现，所谓的创作，其实是一首歌你可以这样唱，也可以那样唱。爵士乐里这种改编是很常见的，只不过那时候，我对后来情有独钟的爵士还没到心领神会的地步。

刚来北京时，我经常参加各种聚会，在五道口学院路的酒吧，认识了豆豆、丽川，和贵州的几位老乡相熟也是那时候的事。

那是一个非凡的年代，一切都处在新与旧的过渡阶段。

当时我和猎人乐队的成员说好了排练的形式，并把已经编好的歌曲用乐队的形式重新进行了改编。这就是我想要的生活，在一个充满艺术气息的环境中自我实现。

和天笑乐队的交往，加深了我对摇滚乐、边缘画家，以

及当时从圆明园撤走的"先前部队"艺术家们的了解。主观上我向往生命的释放,但客观上我无法进入真正的"集体生

活"，也许是环境的制约或者其他什么原因。我当时仗着自己装备优良，粮草丰裕，对苦行僧似的流浪青年的生活，持半接受半质疑的态度。

尽管和天笑同志时刻因对事物的不同认知而产生观念上的争斗，不过，我们的排练还是顺利地进行了一两次。先是在家里，听着录音版本想象吉他、贝斯的走向，以及在舞台上从哪个口进，又从哪个口出……等设计好了，再去老远的板井就地实练，效果是令人激动的。录音期间，我们还在一个地方（具体名字忘了）演出过一两回，天笑同志后来著名的脱跳表演，就是在那儿练的。不知什么时候，他那行为艺术居然成了气候，在我看来这着实像小玩闹（其实也都是从他祖师爷那儿偷学的）。随着冬天的到来，录音也快结束了，我们还接了一场去贵阳的演出，此事我将另成篇章讲述。也就是从那时候开始，我意识到演出才是音乐的生命。

百花胡同的录音结束后，转眼到了年底，我也因个人事务离开了北京，走之前给了贝斯和鼓手各三百块钱。单曲发行是我正式进驻北京以后的事了。

向日葵，我的音乐之路

酱红色的云彩，像一块燃烧着的幕布，在浆蓝的苍穹之上喧哗，时间裁剪着它的形状，在光影中变化的色彩，被截成碎片。时间在无声无息地流逝，太阳的光芒在橘黄色的光里淡下去，它似乎要在黑夜来临前，最后一刻倾听大地的声音，注视人间万物。

在那点缀了无数星灯的黑的底色上，城市也点上了自己的明珠。无数星星交汇的地方，铁轨闪着银色的光，像一条笔直的银线，喘息着，奔驰着，像伸展着躯体的银蛇，不知疲倦地奔向前方。

要启程离开时，想到火车路过的那些站台和最终抵达的目的地，我心中的兴奋便无法用言语表达，好像说出来它就不再会出现，就会破灭。我想要在生活中实现很多愿望，在尽可能忠于自己的基础上。

多年前那个考学路上的梦想，在这一刻好像又出现了。我知道那时的憧憬是幼稚和天真的，但它是那时候生活的投射，是我经过的山和水，也是当我流泪和流血时感受到的情绪。

一个人最完整的生活也就是在路上吧。究竟什么是在路上的意义呢?无论你是谁,怎么生存着,生活都是一场需要你去全身心体验才能走向终点的旅程,但你也要承认,这场旅程也许会被延误。一个人会在迷失和误判中走错路,就像我曾经历的那样。

出走的那个下午,我没有和爸爸妈妈打招呼,独自买了票,也没有目的地,在上海和北京之间,我选择了遥远朦胧的南方城市上海。上海是在忧郁的梧桐树下漫步的少女,它的道路是宽广的,也是狭小的,更是拥挤的、都市的,铺满了我儿时对它的向往。因为它的陌生,我在人生路上流浪的第一站便选择了它。那是1989年吧,一条小小的格子裙就让我对这个繁华都市由衷喜爱起来。我是自由的,也是无畏的,崭新的生活在拥抱我。

我去找了在学校教我们音乐的郭老师,她很友善,也很和气,责怪我一个人坐三天三夜的绿皮火车(那时候没有高铁)就来了,没有和任何人打招呼。我记得自己坐在硬座座位上,手里捧着一本《许国彰英语》课本,窗外,是连绵的黄土、青山和熟悉的白杨树。而当我再一次踏上那片土地的

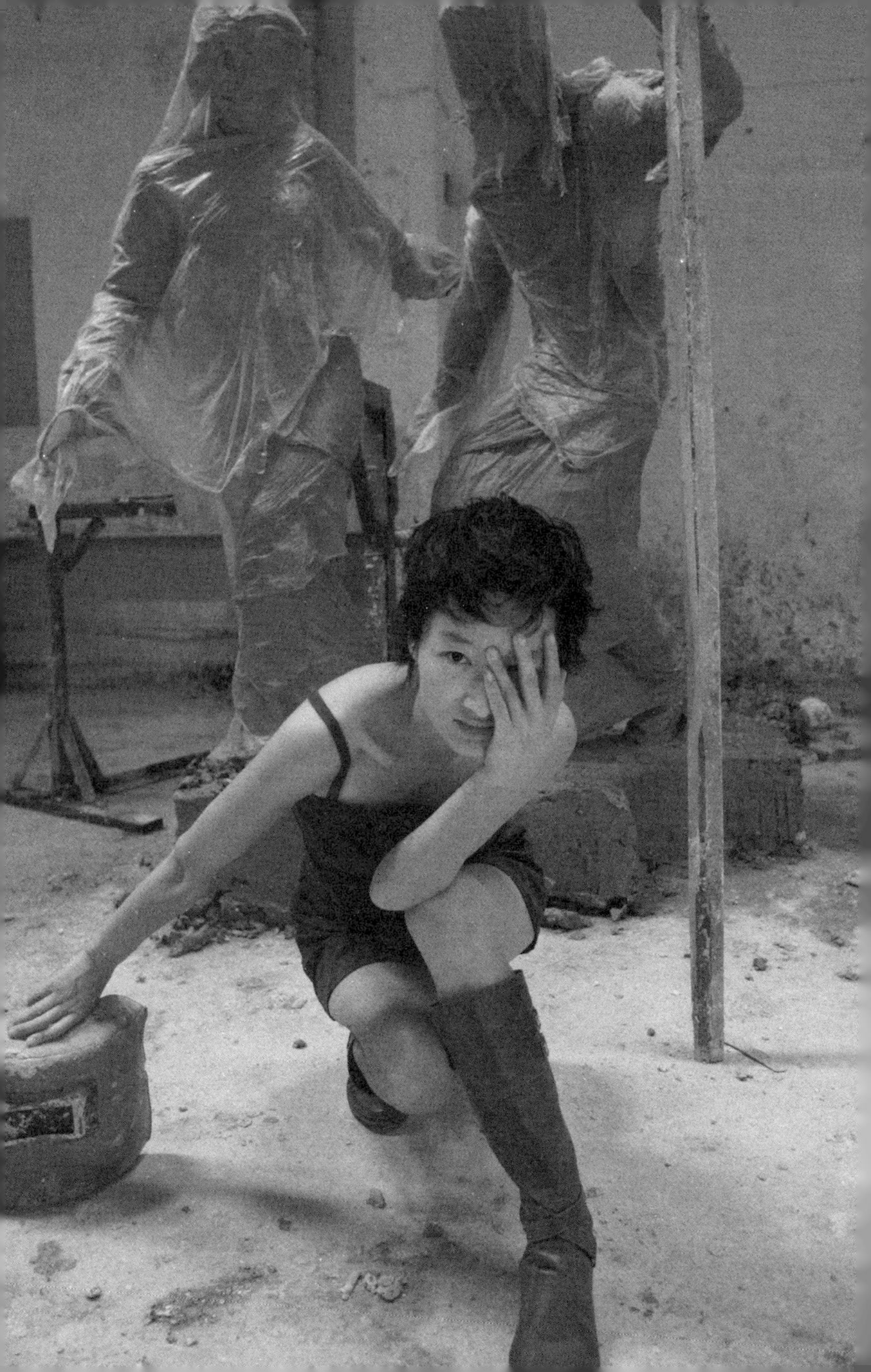

时候，我已经是一个在音乐的海洋里自由遨游的人了。

我可以是一个歌者，可以是一个演员，也可以是一个把手中没看过的英文书换成琴架和琴包的游吟者。无论我是谁、做什么，我知道，游走在生活的路上是我的必然命运，也是我的归宿。从开始做音乐到现在的这十余年间，我的生命是有活力的，也是有意义的，它充满着艰难的探索和自我认知，哪怕有些认知是错误和迷失的，但它也饱含热情。

也许人生只有在这饱含生命能量与智慧的执着探索中，才有了特殊的含义吧。回顾过往，我的生命没有什么短缺，而我所拥有和正在经历的，正是我一直期待和热望的，这便是生命的意义，也是我歌唱爱情的原因，它早已同我的生命融为一体。

自由散漫的生活只能让我长吁短叹。优秀的思想是经过千锤百炼后的释放，它们是我生命中唯一的光辉，照耀着我行进的生命，而今我仍相信，明天的红日里依然有属于我的辉煌。

火车离开站台。窗外，是儿时无数遍掠过我眼睛的滔滔黄河，它是母亲河。再远处，是无尽的黄土，还有连绵的祁连山脉。列车喘息着，把我思想的肢体朝高山大海伸展。漆黑的海面上，万颗星灯正被点亮。

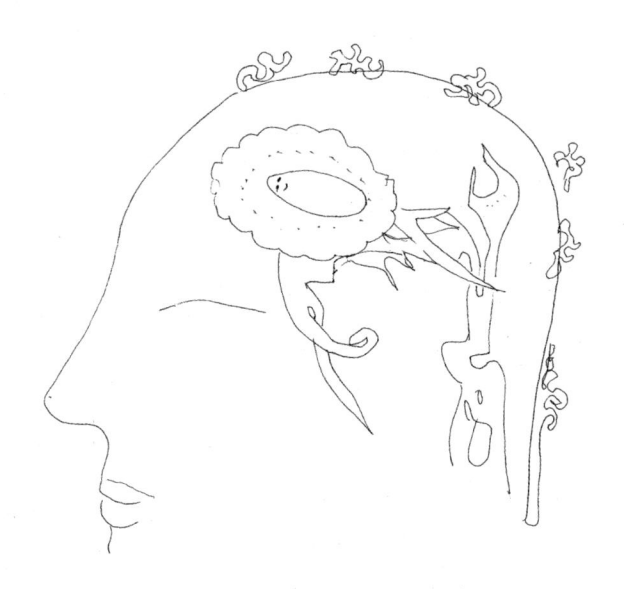

靡靡之音

认识靡靡之音乐队是在2003年的夏天,那时他们都还住在香山那一带,我住在常营,常去看他们的新排练地。有好多日子,梧桐树还没冒芽,我提溜着钥匙,绕过杂乱的胡同和狭小肮脏的马路,来到他们的排练房外,偷听他们在练什么。

后来,在离他们排练的小院儿不远的地方,常营小区的对面,我捧着一本《在路上》阅读,我想在书籍中寻找曾经丢失的快乐和友谊。我一直把乐手和合作伙伴当作家人。这么多年,我碰到了无数乐手,从像旭日阳刚那样在地铁里演奏的乐手,到迷笛的过往合作乐手,一路走来,其中不乏艰辛和曲折。还有那些我们在思想上无法再达成共识的昔日的朋友,这一切的一切似乎在宣告我梦寐的结束。

又一年过去了,我越发像一个盲流而非一个艺术界的青年领袖,我不知道这样的生存矛盾何时才能结束,而我的新生活又何时才能开始。

M来找我玩儿,看到了我家满地没收拾的CD。我想,要是早一年我能和他们在一起玩儿乐队、做音乐该多么好。我们喝着酒,听他带来的新歌的小样。老实说,还真不赖,可就像所有乐队最突出的问题一样,他们缺少一个好的主唱和协作者。

M走了,我和他一起出门,夜幕中我们乘车离开喧嚣的城市。在不远的公路旁,路灯闪烁着灰暗的光影,把我们寂寞的心情映照在路上。前方大雾弥漫,那些空旷的厂房在夜色中没有声响,就像一个个被抛弃的孤儿。

如果我的思想和精神信仰曾给予过什么人的话,那就是那些和我合作过的乐队的人,我为他们所做的一切,都是出自真实情感。作为一个有豁达心胸的思考者,我在精神上付出的代价都不算惨重,我所收益的比我失去的要多得多。

列车向前行驶。我把一切都抛在身后,而我的视野里将出现故土、大海和村庄,它们在深蓝色星空下没有异样。或许世界本该如此,洁净,自然,坦荡,就像在人类伊始的心灵那样。

感谢音乐,让我变得坚强,哪怕是在遇到苦难和挫折的时候,我都可以勇敢地面对,并且能够试着对它们微笑。还有那么多的朋友,我们在逆境中建立了伟大的友谊,这使我不再寂寞,不再寒冷。

不管**时空**怎样**改变**,
你是我**不愿孤独老去**的琴声,
是我**人生告白**中的**回音**。

第三章

橘子上的诗与画

冰与啤酒

对我来说，加入一家唱片公司首先是出于生活上的考虑，如果不是经验问题，我将选择独立制作音乐，后者获得的承认和支持绝对是前者无法比拟的。从人缘和社交层面上来讲，独立制作也相对要好过进入一家你并不了解其底细的公司。当然，这个前提是自己要有操作能力和物质条件，如此一来，也许你将获得有意义的事业，以及对某种理想的全面坚持。

与唱片公司的合作就像冰与啤酒，啤酒里加多少冰必须满足听众口味，这是一个实际问题。不过，许多公司由于经营了比较出色的艺术创作者而形成了自己的特色，国内音乐环境的污染，以及各唱片公司操刀人员参差不齐的素养和口味，使大众和小资们都把萝卜当成大米，艺术审美的分层已经和启迪性的创作没有关系了。电影、音乐等艺术都成了娱乐大众的粗糙食粮，娱乐公司已经没有了真正的精神产品，唱片工业只提供模式化套餐，音乐和麦当劳、可口可乐一样，成了大众化产品。娱乐公司存在的目的也就是为人民服务，我们不可避免地生活在一个传销时代。

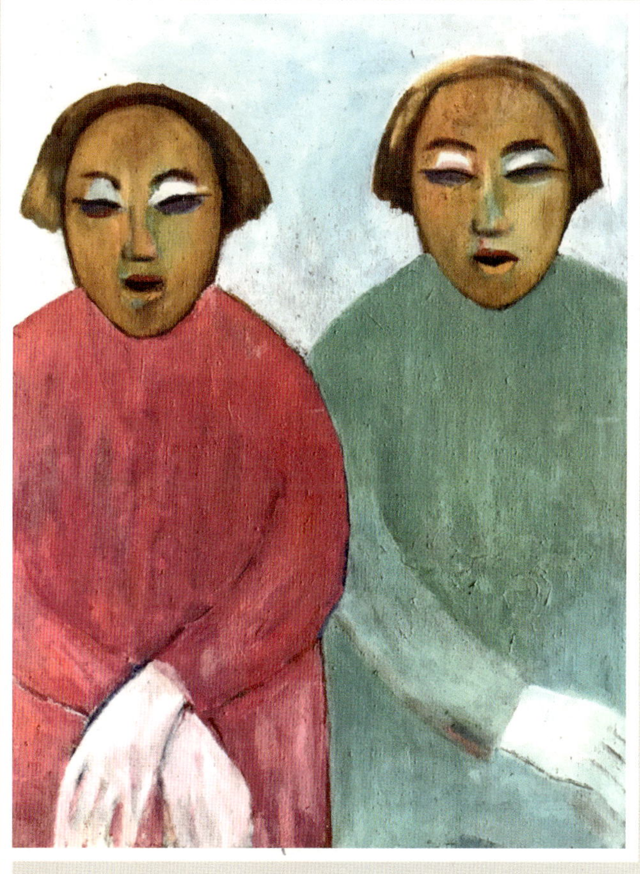

音乐已经成为一种工具，用来统一大众的口味。在这种把公司的经营战略等同于无休止地迎合消费者的环境里，艺术成了商业经营者兜售自家产品的战场。这里，很少再出现真正能打动人心的音乐，音乐和小资潮流、浅薄流俗的情感混为一体，被端上了货真价实的买卖场所，在这里，你寻不到人性的真实感动与最初做音乐的情怀。在这里，崇尚精神价值都是扯淡，是天方夜谭！

创作者的艺术追求和国民的艺术素养之间的矛盾就像是腾云驾雾的孙悟空和手拥五行大山的如来佛之间的矛盾，只是这里没有什么为道义而取经的唐僧，只有如来的咒语，和一整套工业化操作流程，就连和买卖双方交手的制作人也是其中的帮凶，生产着这些新一代的媚俗歌手。法国作家贾克·阿达利在其《噪音：音乐的政治经济学》这部作品中，明确地分析了音乐与政治、经济的互动关系。音乐家已经成了新权力网络中的一个元素，在一些情形中，音乐家以一个单一作品闻名，但在其他情形下，音乐家的名声要比他所写、所演奏的作品大多了。一般而言，表演者使作曲者黯然无光，甚至常常窃取作曲者的创作。

你要做一个广为人知的歌手,歌曲被人传唱,自身被一种光环笼罩,这是有代价的。但是否无条件地接受那些写在合同上的条条框框,这也会因人而异。

不悔的选择

当我还是一个对世事并不了解的孩童时,古典音乐就如洪钟一般敲响了我的耳朵,带我走上了听觉的旅程,如瀑布一般洗涤着我的灵魂。

在我的学生时代,我听了很多古典音乐,当时我最喜欢的作曲家是俄国的柴可夫斯基,在我看来,他相当于文学领域的雨果,具有悲天悯人的情怀。那时候,我和同学们喜欢他的作品,敬慕他的才华,皆因他作品中的悲怆性。我认为,没有受过苦难的艺术家不可能写出伟大的作品。

钢琴清脆的乐音,小提琴委婉、凄厉的吟叹,圆号和大鼓的角力……那一排排乐器呜咽地诉说着,就像一个个脱离世俗的精灵,在旋律里传递着自由的气息。那些大师的作品,使我心中升起对古典音乐无边的崇敬,每每聆听,心里都充满了感动。每一种乐器都尽显古典音乐的神圣魅力,它们也是我一直以来执着追求音乐的源泉和动力。

在我听过的古典音乐作品中,无论是贝多芬的强健、柴可夫斯基的博大,还是肖邦的华丽、勃拉姆斯的广阔,抑或是巴赫的节制,音乐家们都在用自己的风格谱写优美的旋律，营造独特的作品意境。他们即使是创作一些音乐小品和协奏曲，也能将人带到一种平和与超脱的神圣境地。

不论是柏辽兹的交响曲，还是海顿的清唱剧，抑或是威尔第的歌剧，这些大师创作的作品都如爱情一般叙述着内心的纯洁、天真，饱含对生命的热爱之情。优秀音乐家的作品往往张弛有度，有的充满对宗教的虔诚，有的具有对世俗的反抗精神……古典音乐家们高洁的气质与具有丰富内涵的精神世界，也正是古典音乐的精髓。

在审美情趣上，古典音乐家的作品，往往是用强大的理性驾驭感性，并借助丰富的人生体验，创作出波澜壮阔的音乐，让人感受到他们丰硕的创作才华。在所有带给我们启迪的古典音乐家那里，音乐无疑成了他们表达爱情以及命运状态的最佳手段。这样的音乐能够沉淀心灵，浸润灵魂。古典音乐是人们与生俱来的精神伴侣，是一种对生命本源的深入探索。

如果说古典音乐永远比流行歌曲有更恒久的魅力，是因为它是纯粹的、神圣的，古典音乐是彰显时代精神文明风貌的最好的艺术形式。这便是我常常喜爱在无序的生活中，借助古典音乐宏大的气势给我生命力量的原因。我一直认为，古典音乐的意义在于它体现了一种精神价值，伟大的音乐带给人的不仅仅是瞬间的心灵震颤与升华，也不是给人以一个暂时的逃避现实的避风港，而是它给生活本身，甚或是未来的理想世界注入了与痛苦决裂和与苦难抗争的勇气，它像一束灿烂耀眼的阳光一样，时刻照耀着我们前行，引领着我们义无反顾地一步一步迈向既定的方向。

　　古典音乐，是人类历史上最有张力的艺术语言，我们对古典音乐的尊崇和热爱，又何尝不是来自对生活不悔的选择。

甜蜜的苦涩

一杯浓茶，一支香烟，伴随着猫咪的呼噜声，夜晚寒冷的空气化成了一朵朵莲花，在外来者叫门的铃声中绽放着。劳拉·菲吉（Laura Fygi）的歌声厚重，她凝练的法语口音，让人联想到欧洲的景象：在雾气浓郁的早晨，湿漉漉的窄小街道上，穿行着匆忙的行人，他们擦身而过，陌生的眼神瞬间交汇，又各自落向遥远的蓝色天际。

她的歌曲情意绵绵，意味深长。深情的西班牙吉他，主角忧郁的歌喉，场景中男女的吻别，让离别的伤感，如弥漫在空气中的烟雾般淡淡散开。

生活中有多少这样甜蜜的感伤？音乐传达着多么神圣、美好的一种感情。音乐就像阳光，普度人间，让万物生长；又好像婆娑的秋叶，在落日的余晖下静静铺满大地。在无数旋律的流淌中，生命的力量使人泪如泉涌，心怀感恩。确实，有谁能抵挡那如炊烟般缕缕上升的孤独情绪？这些情绪在演奏家指间如欢腾的小溪奔涌而来。有谁在惴惴不安的瞬间，醉心于歌者沙哑歌喉的倾诉？在那如梦般的歌声背后，又有谁知道，她经过了多少岁月的洗礼，才成就了这样的嗓音？

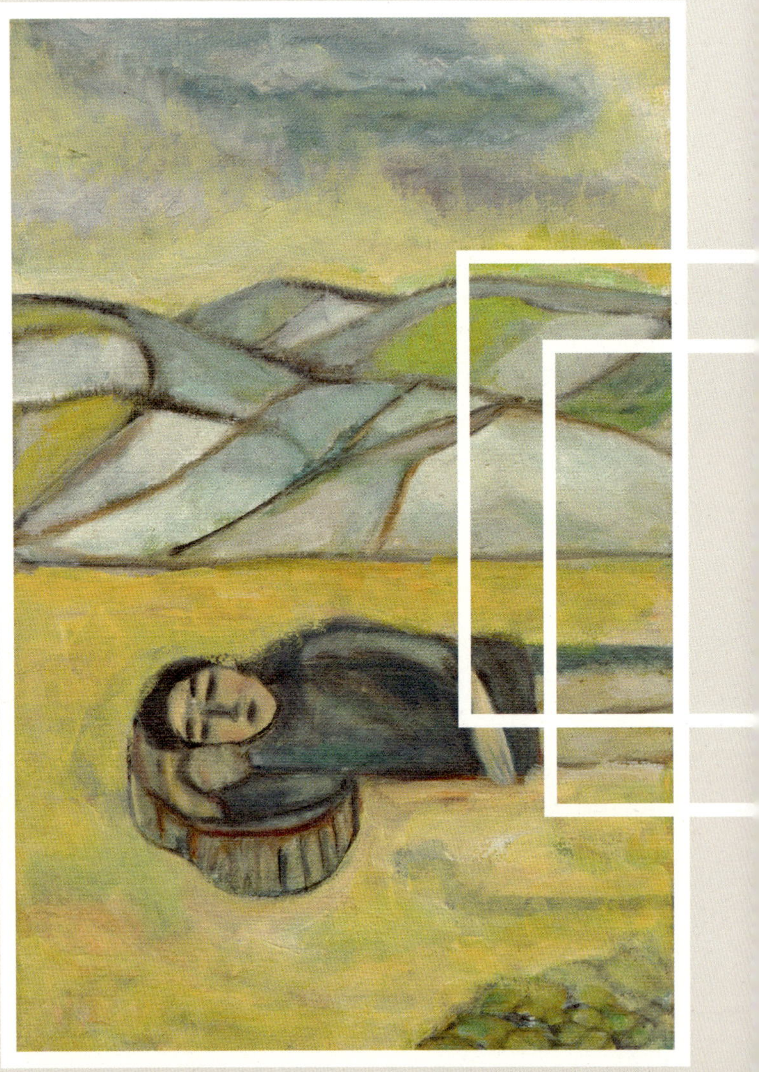

如果音乐就像甜蜜的爱情那样能影响人的心灵，让人心花怒放，我愿做其中一个使者，因为我需要感动，所以在精神世界之外，我的日常生活也溢满了光泽；在心灵最平静的时刻，我就获得了睡在超现实之枕上的可能，因为想象力是现实通往梦境的桥梁。

听觉的旅行

从小喜欢的事情很多。刚开始听音乐的时候,就像属七和弦那样不和谐的音程,我也十分喜爱,但又有些"才下眉头,却上心头"的难以隐忍的愁绪。我喜欢它那十分神经质和让人揪心的感情色彩,但又为不能解决主和弦,不能归正它所属的调性而苦恼。大约这份纠结和苦恼正是不和谐和弦对我的某种诱惑,它的情调是暧昧的、尖利的、不寻常的,有几分与心灵擦肩而过的痛楚,仿佛它与感官相守一方。而音乐中的和声,如那空灵影像中的魅影,凝结了你的情感,同时在音调的旋转中升华着你的情感。我喜欢那些不同凡响的和声与音程,它们给单调的旋律安上了翅膀,令人产生丰富的想象,是音乐中不可缺少的背景。

和声的线条多么像海浪的撞击,在旋律的岸边轻轻拍击着心房。

还有一些乐曲使你联想到会跳舞的数字,碰撞着会发出回声的人名,如同橡皮泥一样软绵绵的变形的骨质人体,那一定是一些有跳跃节奏的音乐,它们每一章都有自己的内容。唔!太多的形象与故事,在灰色音符中呈现的仿佛是黑白键中漏掉了的生命，那的确是生命的一种吧。

每一个乐句和每一段琴音，我似乎都能看见它们的表情。它们各有各的故事，各有各的人生。

一首曲子结束，你会在婉转靡丽的旋律里，听见一个个会说话的精灵的声音，你会觉得自己仿佛置身于茂密的森林里，正谈论着月亮仙子的故事；或许还会被那砍柴的白胡子老人和像小白兔一样可爱的小孩深深地吸引。

好像在玩着捉迷藏的游戏，它们是那么深深地迷住了你的心。

后来长大了，我不再留恋那些如诗篇一样的音乐小品，而开始在交响乐复杂的声部中寻求聆听的快感，那是需要逐渐训练才能抵达的学问的境界。

听得多了，就有了很多想象。有一段时间，在排演贝多芬第五交响曲《命运》时，也许是突然间顿悟了它宏伟的精神境界的缘故吧，我突然在多声部的器乐演奏过程中，体会到了那种激动人心的力量，那是音乐与人交织在一起的一种感动，它让我有一种精神上的巨大满足。

当时,那个拉着小提琴的瘦瘦的我,坐在布满灰尘的排练室里,好像在某一个乐章中,看见了一场悲哀的葬礼。周围围绕着无数的生命,号哭着,在转动的旋律中巍巍颤颤地走动着,如泉水的哀鸣和呜咽。这些想象与听觉上的满足,塑造着我热爱音乐的品格。

"豆芽"* 之歌

很多年前,我并不知道自己以后会靠卖"豆芽"为生,尽管那时我对如何系统地研究和了解"豆芽"知之甚少,并且一直没有在相关领域做出过什么特殊贡献,但是我依然非常喜欢与"豆芽"为伴,并在它的滋养下引吭高歌。我之所以能这样亢奋地面对生活,并不是出于什么摇滚的立场,或者有什么思想主张,而是我以为,人活着务必要怀着一种热烈而真实的爱,方能对得起四季变换的人生风景。

这种风景对于我们的生命是那样的不可缺失,我有时极为感叹,大自然是如此绮丽,它将人置于其间,并赋予人奇妙的思索。难道它为的是让人类去领略宇宙的广阔,让人不要太骄横自大,不要用科学和战争的武器去破坏同类和自然,以达到天地间的和谐?

之所以这样说,或许是因为我在精神上喜欢追求一种潜在的道德理论,虽然有时我也不免有"爱情是唯一永恒的理想"的片面性思考。当然,这些认识并不能称为一种美学思

---

* 豆芽指音符。

想或者哲学理论，只是一些不畏世俗且有些过于唯美的论调罢了。

为此，我还是觉得"豆芽"的生活比较真诚一些，原因是我已经到了一个自知很老的年龄，我的人生体验和全部认识如今就和一个六十多岁的老头一样，这在我读过黄仁宇先生的回忆录后更觉如此。当然我读黄仁宇作品的目的是向许多读者介绍这位也许不流行但其实有显赫成就的历史学家，因为我每到一个书店，太容易看到当代最火爆的言情作家的作品，而那些有特殊贡献，那些用自己的精神照亮别人世界的作家却不容易被世人注目。

我认为，社会风气的不当，除了是受与日俱增的金钱至上观念的影响之外，还因为大部分的媒体为了自身的发展，全力拥护有产阶层（如风头正盛的明星等）的跟风行为，而发出感慨的无产者（一些意气风发的诗人和摇滚青年）的批驳也实属有限。事情的结果就是这样，为了使人觉醒，我们不得不从前人的历史经验中汲取知识和力量，但这也不足以捍卫知识分子说话的权利。不要紧的是，我们每天有饭吃，还有很多游戏和社交软件可以消遣。

　　如此一来，我不得不承认"豆芽"生活将成为我的全部，我所寻找的是那些迷惘、焦虑过后在路上觉醒的音乐情感。假如生活需要尽可能地赞美，我即使无法像贝多芬那样怒号着扼住命运的喉咙，也会如巴赫那样，用平均律的态度，从容、不怀成见地面对以往的人生，只是不能像他那样子女成群。

古国梦

很久之前我就认识二手玫瑰,可是如今听他们的单曲,编曲和唱腔像唐朝,旋律很熟悉,不知道这种转变是否和签约了大公司有关。他们吸收了民间乐器的元素,传统摇滚的味道也一点都不少。他们翻唱的唐朝的《飞翔鸟》,听着简直是唐朝自己唱出来的,最早的杂耍二人转调调少了很多。

感觉他们确实有了进步，不过《夜深了》依然像他们从前的风格，没有新的变化。只有古琴、二胡，还有背景里大幅度的弦乐，制造着新的音乐合作模式。

我认为音乐的美就是单纯，简单才动人心弦；我也一直以为，只有不去模仿和复制别人的作品，才能创作出优秀的音乐作品。我想不出有哪些音乐不是自己的原创就能无缘无故打动别人。所以，不管在音乐里加多少"边角料"，都充其量只是塑料泡沫，根本不能称为真正的作品。没有躯干——旋律，没有骨架——个人风格，音乐的面貌就是模糊的，不管创作者动用多少配器，我觉得听者都很难啃得动。音乐如果已经要让人们去"啃"了，那它本身所富有的感染力也就没剩多少了。

如果不信我的话，你们自己可以去听。

我的夜也深了。就让我做一个关于飞翔鸟的春梦，在梦里复制唐朝的繁荣，用耳朵重温故国旧梦。

思想的羽翼

文学是一切思想之本,最能体现生活的宽广和深沉。

——题记

在过去,有多少个这样的午后,让人忘记岁月是可以流转的。无意间翻出过去的日记和信件,我惊异地发现,在这些记录着过去岁月的物件中,无数闪闪发光的珍宝晃动在我记忆的河流中。

我在艺校的时间,大部分用来学习、忧愁。面对青春期的忧伤、苦恼和不安,我一心要做出十分朝气和阳光的样子,好让自己有一副思想家的嘴脸。那时候我看尼采、蒙田,也欣赏了大量浪漫主义画家的作品。接触音乐,自然是因为学的就是这门手艺,我便十分严肃地将流行音乐和古典音乐区分开来,给它们之间划上一道界限,就像小时候男女同桌时划的分界线一样。

那时候,我有一个非常珍贵的小本子,我经常把喜欢的格言、诗词和句子抄在本上。我总是把它带在身上,随时把自己的想法记下来。与其他同学相比,我对文学、诗歌更感兴趣。

那时候的我，清纯，干净，真实，我向往一种真实的情感，有一股生机勃勃的劲头。生活，如果没有发自内心的领悟与体验，是会丧失激情的，也会充满遗憾。那时，我没有找到更有力地表达自己的方式，只是以日记的形式记录着我的心绪。我认为我的很多感受就是这样以文字的形式保存下来的。

从小，我就爱看莱蒙托夫的诗，也迷恋泰戈尔的诗，他们的诗是其崇高品格和伟大思想的体现。如果说音乐帮助我释放情绪，文学则帮助我表达思想，让我的心灵在思想的河床上自由飘荡。文学是一切思想之本，最能体现生活的宽广和深沉；文学和音乐的魔力皆因它们使我自由地拥有个人的小天地。

我爱诗歌，也爱散文，如果不记下生活，就会失去它；如果没有对生活的爱，心灵就像一颗失去土壤的种子、一棵没有阳光的树，不会发芽、生长。文学，给我乐趣，让我遐想，是我心灵的乐园。

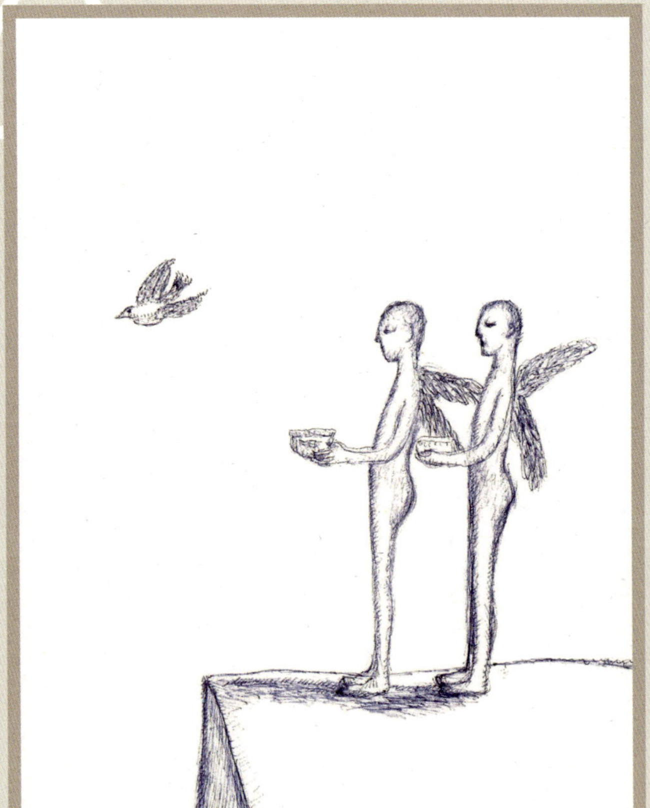

我在诗歌的世界翻山越岭，寻访真理。因为诗，我了解了世界的善恶；我在散文的世界舒筋松骨，畅想未来。因为散文，我在单调的生活中找到了梦想。

在我充满快乐的艺校生活里，大量浪漫主义画家的纸上作品和严肃的古典音乐充斥在我的心灵深处，将我塑造成了一个对艺术始终心怀虔诚的人。也许因为我拥有这样一个灵魂的缘故，使得我思想的羽翅闪动着光芒。在这宝贵的五年学习生涯里，游弋在乌托邦的理想世界成了我的必然命运，物质主义绝对不是我的选择，因为精神的价值永远是照耀人类的光辉。

思想与生活

生活的美妙之处在于你能找到一个与你在思想上并行的人，同时又能拥有音乐与爱情。如果既能用音乐感染他人，又可以获得理想的爱情的话，那就是最幸运的。其实我做音乐不是为获得财富，也不仅仅是为个人精神的胜利，我是为活得更通透而做的，我想通过音乐传递我的思想，并且这种思想蕴含着新的创意。

在人生道路上，个人生活的幸福是那么重要，你能找到一个倾听你思想的人，他能用他的音乐去感染你的思想，这就是幸福。而当感动你生命的音乐响起时，你仿佛就窥探到了生活的真谛。

这些年我一直在问自己，我在坚持什么呢？是的，我坚持思想的价值，这是这个时代最可贵、也最值得嘉许的精神品质，而我拥有的正是这样一种色彩。

当音乐给爱情注入神奇的魔力，思想就可以重现这种价值。是的，这个时代需要精神领袖，需要知识分子，需要歌唱自己思想的人。

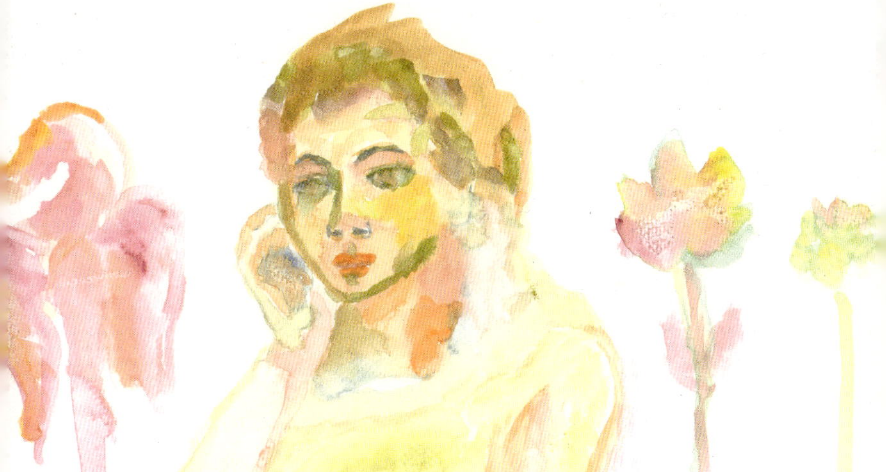

My New Life

　　小时候，我觉得自己聪明、顽皮，满脑子的奇思异想无处释放，就只好上山摘野果、下河摸泥巴，或是和伙伴们一起玩水。夏天，我看见蝌蚪长着一条小细尾巴，到秋天时尾巴不见了，蝌蚪变成了墨绿色的青蛙。我在心里惊叹，大自然为什么让它变成了另一个样子，以至于我晚上睡觉时常摸自己的尾骨，想着如果蝌蚪那截丢失的尾巴长在自己屁股后边该多好玩。但我又隐隐觉得，有一条多余的尾巴一定是人类的羞耻，所以随着人类的进化，那条尾巴就渐渐没了。离家不远的坡下边，是一个又宽又大的河塘，傍晚我常一个人跑去那儿看河里的云彩，有时候阴云密布的天空夹着一点风在水面上一抽一抽的。我痴迷地盯着水里的另一个天空，它潜藏着的"杀机"让我至今都在琢磨其中的机密。大自然隐含的秘密令我无限神往。

　　春天，毛毛雨把满树的杏花打下来，我走在泥泞的路上踩着花瓣，就像踩着自己的心。烟雨蒙蒙的气氛让我觉得世上美的东西不但消失得快，而且这种消失还带着一种看不见的痛苦。到冬天，大雪把整个世界、整个黄土坡都给覆盖了,我却以孩子的眼光发现了家乡的辉煌。我像一个王者审视着我的王国,审视着这个奇美却无人知晓的世界。那是我有生以来第一次被一种举世无双的孤独感震撼。

那种举世无双的孤独感是那样强烈地给我烙下了印记,使得如今城市生活的落寞、伤感、嘈杂和粗粝丝毫也不能给我带来什么感动,更不能叫我受损。六岁时,我很喜欢我们高大年轻的班主任,上课的时候,我常常把水果糖、大鸭梨之类的珍稀物品堂而皇之地放在讲台上。马上到期末了,老师拒绝了一次我这样的行为,然后进行了家访。我渴望与成年人交流的愿望失败后,便愤然不再上学,休学了近一年。没有一个特殊的人的吸引,上学对我毫无意义。就像现在的生活也是,得找到让它继续下去的意义。

扯远了,对于继续音乐生活的决心,不管我内心有过多少次动摇,事实上我"胡汉三又回来了",我总得给爸爸妈妈有个交代,他们知道我闯荡了这么多年,我起码应该拿出个果实献礼吧,这才不负他们的养育之恩。还有我白发苍苍的小提琴老师——当初是他不远千里地将我招到门下。我最大的愿望，就是等我的唱片一出来，第一个寄给这个把我带到如此美好的世界的人，是他为我开启了音乐的神圣旅程，是他给我的心灵安上了一对翅膀，我起飞的时候也应问候他一声。还有我的爷爷奶奶，他们一辈子在一块干裂的黄土地上劳作，要是我能成为一个"被印成画的人"，那么等我再出现在他们眼前，不就是他们最大的骄傲吗？

翻看着各种时尚报刊，看着上面各类大大小小的艺人，除了视觉上的消遣，我似乎没有一点嫉妒的情绪。我知道我只喜欢大卫·鲍伊、坂本龙一、约翰·列侬、卓别林等拥有大智慧的人物，而且在我闷声闷气的生活中，我也常常期待着把自己列入其中。谁让我一出道就把目标调得这么高，把志向定得这么远，使现实和理想产生如此剧烈的摩擦！不过，以我对自己的了解，这样的底气我还有一大筐，满满的用不完，它们像井下的油田，冒上来的也不过才一点。若我不曾一门心思地扎进个人生活里，扎到连小命赔上都赚不到的《一吻定情》式的爱情里，那我可能会偃旗息鼓，继续像小时候一样生活，但就算我去干别的买卖，我也一样能让同

志们大跌眼镜。

再后来，生活反而使我学会用 KORG Pa700（一款专业编曲键盘）可怜的音色为纪录片编曲糊口，并继续着模特的工作，而多莉·艾莫丝、波莉·简·哈维都在一边善意地笑着，她们看似颇理解我。想当初，做《罐头》这首歌时我也是"豪情盖天"，傲然以为中国也有出色的女音乐人，她颇有中国特色，并惊世骇俗。这首歌全曲笼罩着要扩张自我的力量。谁知，我稍一松懈，多莉和哈维这两个有冲劲的女歌手早已炼成"仙丹"，她们把自己的能量全部释放在一张又一张的专辑中，害得我只有听的份没了比的份！

1995年，我是被物质填充起来的靓妞，精神空虚地站在广州泛滥成灾的音像市场里。那一天没什么特别，只是我似乎在等待着谁的呼唤。唉！我喜欢的北欧歌手只要几嗓子就能让我震在那儿了。我心想，这是谁啊？把我憋了这么多年的委屈和心慌全给剥开来，把我心脏里头的那根导火索给挑弄出来，把我一直要找的感觉给拎出来，让我羞愧，让我惊异，让我学而无用的内功一下子有了出路。为什么我的爆发力不用音乐来表现呢，难道我的痴狂与可爱不可以通过歌声表达吗？

说实话，《张浅潜的阳台》《再次发芽》和《继续漫游》这三首歌的创作有借助外力的痕迹，它们的确是在我触了自己喜欢的一位北欧歌手的电后，在连续三个不眠的晚上喷射而出的。它们是我生命中一个珍贵的开始，像一簇嫩芽破土而出。

我爱着《罐头》,那是一次独立的即兴创作,是"ZQQ式"的创作!我爱着《另一种情感》和《幻灭》,那是我生命里最没着落的时期全部感情的呈现;我更爱现在的《火焰》《孤胆英雄之土豆呼叫红薯篇》和《不朽》,这些是我独立编曲制作完成的作品,既新颖又充满解放精神。我把自己对生命的感悟通过歌声和各种声音糅合在一起,我创造了它们,而它们又创造了我,给了我一个新的生命。

我感谢它们为我而存在。

我不再是一个仅仅会创作词曲的人,也不再是一个只需要爱情的人。与我现在相对沉静的内心相比,早年间写的《倒淌河》《游吟者》《逍遥令》《骨龄》《幸福的芝麻》《金鱼》《十三》等歌体现出的世界观更为积极。生命是那么丰美,我因不再蹉跎自我而变得轻松,即便是刻骨铭心的痛,在不需要的时候我一样可以舍弃。

记得我小时候有一张照片,照片上的我在县里的一个活动上唱歌,捧着一束大红花,那束红色的英雄花至今还清晰地停留在我的脑子里。

血性之吟

少年们集体亮相,青春的热血像酒一样洒在舞台上。在科特·柯本纪念日那天,我从一个酒吧辗转到另一个酒吧。酒吧里的"妖魔鬼怪"全都出场了,我听着列侬的 Imagine,一路追过去。那天,北京的东城和西城都有新的节目上演。我来到一个叫"good luck"的地方,这里有几支乐队正在表演,轰隆隆的乐器声听起来让人心直痒痒,我后悔自己挑三拣四没参加这次演出,正嘀咕着,就碰到了好久没见的朋友,他刚从西藏回来,送了我一个幸运之绳。我很高兴地进厕所照镜子,戴上了这个不能沾水的东西,等我出来后,演出开始了。

那到底是什么样的声音,像地狱里的火舌一下子燎着了所有人的内心,大家齐声随着节奏叫喊,发泄着平时被压抑的情绪。台上的几个大汉面色沉着,操练着各自的乐器。这个叫作舌头的乐队,曾以理性的歌词给过我刺激,现在,在这么短的时间里,他们又像来自阴间的大鬼小鬼,扭动着腰肢,开始用感性的声音制造着地狱之声,瞬间就把我带进了低沉阴郁的地狱,让我的灵魂与他们赤裸相对。

我坐在音箱上，尽力留住被强行解开的听觉内衣，刚想做点抵御，谁知耳朵一下子就被妖声妖气的键盘给吸住了。我的耳朵扑了过去，使劲抵住感官的软弱无力，键盘手以妙手开花的音色把魔鬼般的妖冷抖搂出来，在这极富挑逗性的声音面前，我感到心花怒放。

可爱的小胖子鼓手和贝斯手用他们肆无忌惮的节奏震慑着我，他们踢踢踏踏、翻来覆去地转换着鼓点。我感到不安，并试图挣扎。

台下的人跳着、叫着，跟着台上的节奏呼喊着。两个吉他手各有风格，一个冷，一个热，他们用电流把音符一点点拍出来，声波随着空气传递给了在场的每一个人；主唱寻找着真理的声音，这真理充满赞颂、批判和质疑，音乐被人声的脆弱击中了，耳朵软下，嘴巴出场。我狂喊着，发疯似的号叫出比音响还高的分贝。是的，他要说的也是我要说的，只是我没说出口，音乐以它特有的方式激活了所有人内心的激情，跟着节奏变换的情绪一下子被顶到高处。

音乐的现场感把战栗的人给征服了，我需要的也许就是像这样在集体的怀抱中被感动、被解放，感受音乐的温暖和力量。我从未看过这样的演出，我被这声音的暴力征服，被他们所向披靡的精神打动。我从未听过这样的团队音乐，既有沉重的压抑感，又充满解放的希望，雄性气质表露无遗，让我觉得遇到了与自己灵魂相近的魔鬼。

我曾经想过要死在舞台上，因为做音乐不但让人感到幸福、骄傲和满足，更让人充满对生活的感激。因为你确实是爱音乐胜于生命，或者说，音乐里饱含你对生命的热情。在我的心底，没有什么比纯正的人格和强烈的事业心更让我快乐的了。如果把我比作一朵花，那么我就是一朵吟咏孤独的怒放之花，我所有的付出，皆因为对音乐的情感，哪怕这情感曾经使我卑微，甚至有过迷失。

六个新疆大汉携带着具有中国式游荡气质的新歌出场，他们用独特的音乐创造了自己的表达方式。键盘空旷的音色配合着迅疾的旋律，发出了理想在破灭后重生的尖刻声音，感染着每一个人，穿透人们武装出来的虚假。有意思的是，就在他们疯狂施展雄性之力时，散场时间到了。

一个音乐斗士的心灵独白

年轻时,不觉得自己过着狼狈不堪的生活,也不觉得自己吃了多少苦、受了多少罪,但等到同龄的人都开始享受生活,而自己还在血肉横飞的情感世界中穿梭,就像一棵遭过雷电、被连根拔起的树木一样,再也找不到重新挺立的沃土时,我的心情就像突然决口的河堤,充满了哀鸣号叫的感伤,内心的唏嘘不觉已化为滚滚热流,在心头肆意流淌,久久难以平静。

如果曾经的我是个喜欢波澜壮阔生活的人,把肆无忌惮的情感无所谓地投向每一个为我驻足的人,那么有一天,我终会尝到游戏人生的恶果。我终于不得不说:生活,我错了,我是个十足的傻瓜。

多年以前,我还是一个具有反叛意识的青年,把持有乌托邦理想世界的牌照作为自己的头等生活目标,其实,那时我就背叛了那个内心安静而内敛的自己。虽然,我时常误解他人背叛了我,但我知道其实都是自己跟自己较劲。当我以为我的生活非如此不可时,我的现实就必定促使我用真的鲜血织就离奇的人生故事。在那些故事中,我发觉了我的神

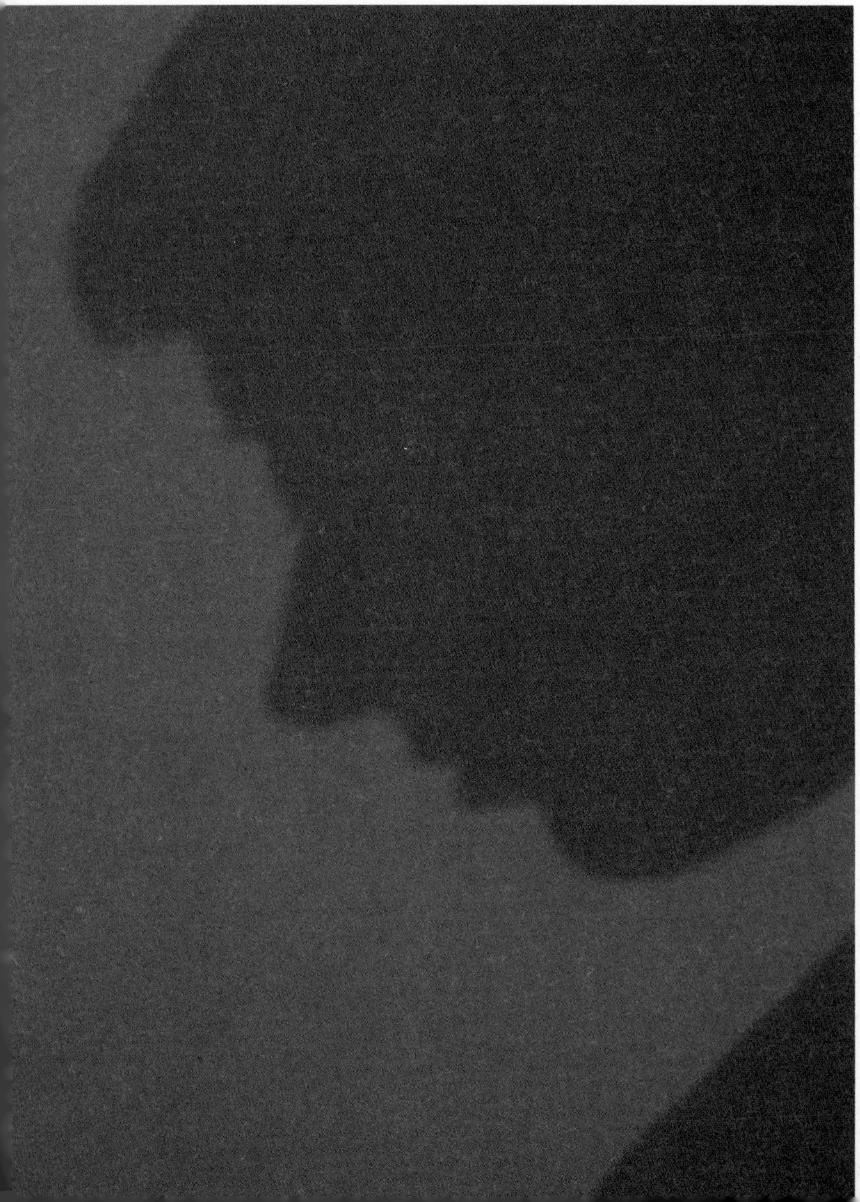

性，我流了无数眼泪，由故事所构建的生活就是我的现实。我不得不承认，我经历的所有都是必需的，也是必然的。

当我还是个留着短头发的女知识青年，在祖国的大地上一脸纯真地寻找梦想时，文字给我以尊严，让我用心谱写壮丽的青春之歌；跳跃的音符则如溪流一般，清洗着我的痛苦。我不得不承认，那时的我，就已经是个用不一样的生命、不一样的自我去经历生与死的人了。在生与死的生命激荡里，我开始重新面对生活。对情感和真理的追寻，贯穿了我宝贵的艺术生涯。有所信仰，才能找到生命的真理，而我们自始至终都为真理和信仰而活，为崇高、光辉、伟大的爱而活。

为了保护我们的精神力量，我们的信仰必须是伟大的、光荣的、正确的，是用热血浇灌、用自由精神建筑而成的，是值得推崇与借鉴。当我以这样的方式去创作时，我的艺术生命便高于我的肉体生命。虽然肉体生命也能体现人的情感和智慧，但它远不如内在的精神力量强大、开阔、富有活力。人的精神也是真实的、活生生的，充满魅力。精神的力量博大而永恒，永远不会改变。

是的，这就是我对那些和我一样怀有艺术理想、却对生命意义产生疑问的人的回答，是我对我的同盟战友以及一切与我生命有过关联的人的最好回答，这也是我拿生命和爱情作为代价而得到的全部答案。所有的物质回报、功名，在我看来，都不如对高尚的道德情操的追寻来得更干净、更令人愉快。信仰不过是人之为人的基础，它如此简单，无须解释。

阅读音乐的日子

我想我是一个感受力和想象力十分丰富的人。上学学琴的那段时间里，我对音乐有许多独特的感受。在学习最初级的钢琴小品时，我会忘记在练习曲里感受到的枯燥和乏味，也会忘记最初学琴的艰涩。当我对音乐开始有一点理解能力的时候，我坐在那些弹出美妙旋律的同学身旁，内心发出深深的感慨，音乐的律动和悠扬的旋律在我的心田回荡着。那些琴声正浇铸着一个被音乐启蒙了的灵魂。

当我坐在琴旁，用自己的心去感受那些乐曲的时候，眼前简单的乐曲和动听的旋律顿时化作一个个飞翔着的翅膀。我好像看见天使和精灵围绕着我，好像发觉了乐曲背后深藏的秘密，读懂了那些缠绕在我心头的音乐语言。在这无形的音乐中，我深深地感受到了那些音符在位置、长短上的巧妙安排，它们身上似乎都刻上了作曲家的灵魂。

在车尔尼抒情的小练习曲里，我看见了小白兔与白胡子老人在森林里玩游戏的场景；在柴可夫斯基激昂的奏鸣曲里，我看到了许多人的名字像塔楼一样高高地排列着，倒行的人在布满秋叶的街道上游走；在炎炎的午后，李斯特或贝多芬用白色大理石般的音符铺出一条令我回归音乐本义的道路。

是的,当我第一次在钢琴前读懂了我手指间这难以言喻的音乐语言时,幸福震颤着我的心。那种震颤就像我创作出最唯美动听的音乐时的场景,那时,我感到幸福得可怖,也许那是因为我头一次感到灵魂的存在。

漫长的音乐人生,到底会给我留下什么样的秘密和回忆?在这个我唯一能读懂的生命故事里,我又该怎样阅读我自己的一生?

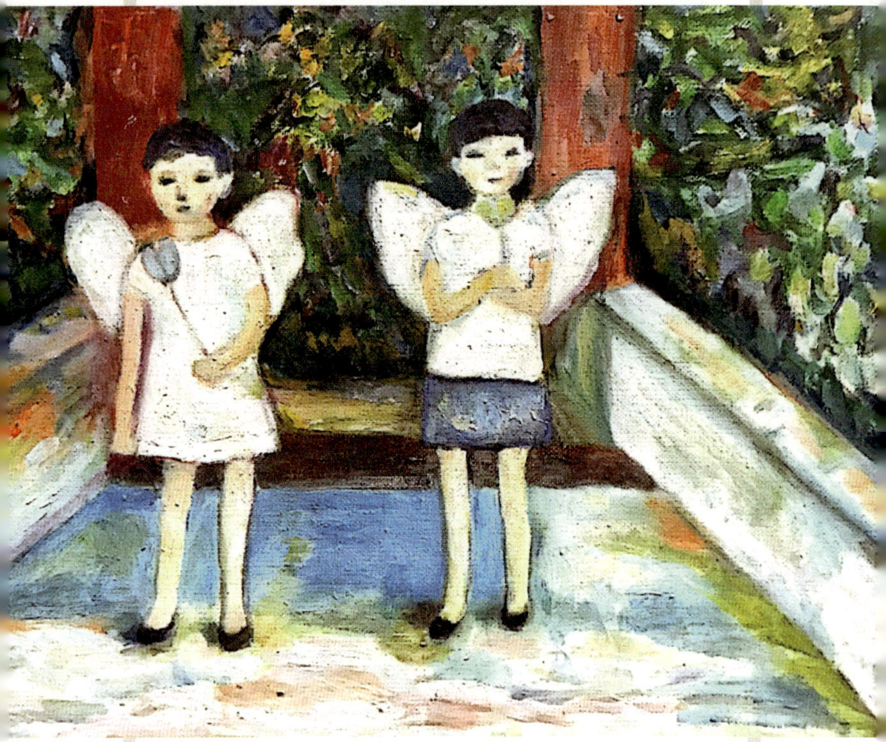

我们是世界

打开音乐网站的链接,听到一首熟悉的歌《我们是世界》(*We Are The World*)。这首歌的歌词和演出画面好像可以随时带人回到遥远的从前,那激昂的歌声不再只是歌者充满正气的呐喊和呼唤,我们每一位听者都能在其中感受到它超越时代的意义。

这首歌表达的是 20 世纪 80 年代美国歌星对非洲和地球的爱与关注,是一首激励人心的歌曲。

它反映了一代卓越的艺术家对音乐精神的诠释。每次听到这首歌,我对生命的热爱便油然而生,也更希望青春长驻,生命与希望永在。优秀的艺术作品往往能激起人们对生命的热爱,这也是艺术独有的魅力。

我听这首歌的时候还在上艺校,那时,我刚刚通过罗大佑以及还未出名的崔健进入流行音乐的世界,也刚接触现代诗歌和德沃夏克的古典音乐。北岛等先锋诗人正用新的诗歌意象缔造着中国式"垮掉的一代"。对我而言,我需要心灵的寄托,需要情感的出口。上一秒,我才被《少女的祈祷》带入一个古典而优雅的梦幻世界,下一秒,又被充满浪

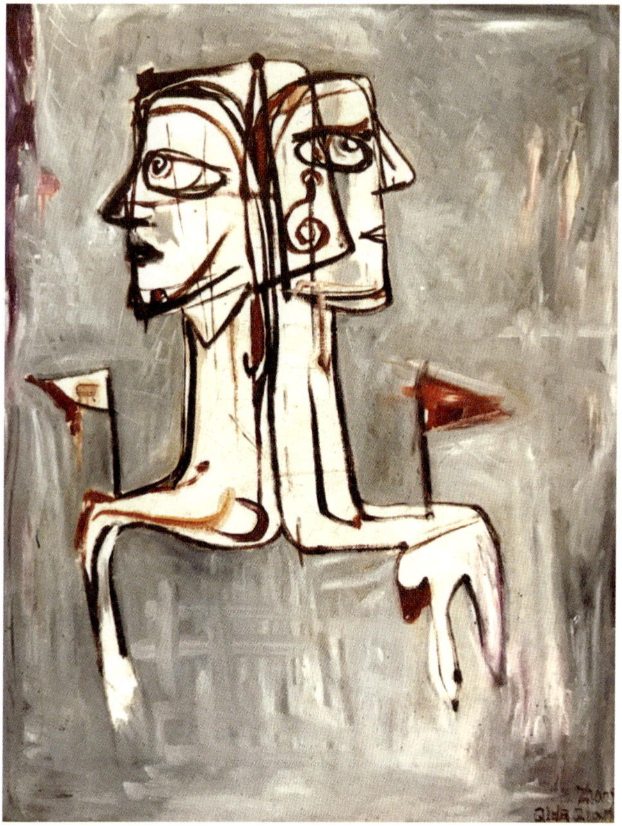

漫遐想的现代油画所打动。那时的我还是一个心智并未完全成熟的苦读少年,但已经可以描述自己眼中的世界和未来。我知道,我将踏上我自己的歌唱之路,哪怕我将会以十年甚至二十年的时间来跨越未知的障碍,我也要找到属于自己的歌唱之路。仅仅是在迷惑中追寻,我已经不知耗费了多少岁月,似乎我的青春就是以这样的方式度过的,但我不得不说,这是一种残酷的伟大。

我的生命哲学

真正的艺术家既有男性的理智,又有女性的感受力,有先知先觉、对生活经验进行艺术升华的能力,同时还有儿童般纯粹而任性的心灵。

真正的艺术家有勇气见证人性中的善与恶、美与丑。当这样的经验随岁月蜕变成真正的思想后,自会拥有大磨难后的大境界、大悲怆中的大喜悦、大束缚中的大自由。这自由的根本在于他们了解生命的真谛乃一个"真"字,这是一种人格,一种无畏的精神,它验证了生命可抵达的深度和广度。它既是雄性的,也是雌性的;既是命运的,也是运气的;既是感性的,也是理性的,是思想完全成熟后的自我圆满。这样的"真"以纯粹的美组成,是不邀功、不取利、不设防、不愚痴,但又与世俗男女的悲欢息息相关的。

这样的思考是对当下的所谓现实主义精神的一次严肃的质疑,是对无能理性和昏庸做派的彻底嘲弄和挑战。它以真正的勇气展现出伟大心灵的光辉与智慧。这是没有真实生活经验的人难以抵达的境界。

在我的生命中,没有什么比音乐及其他艺术更令人沉醉

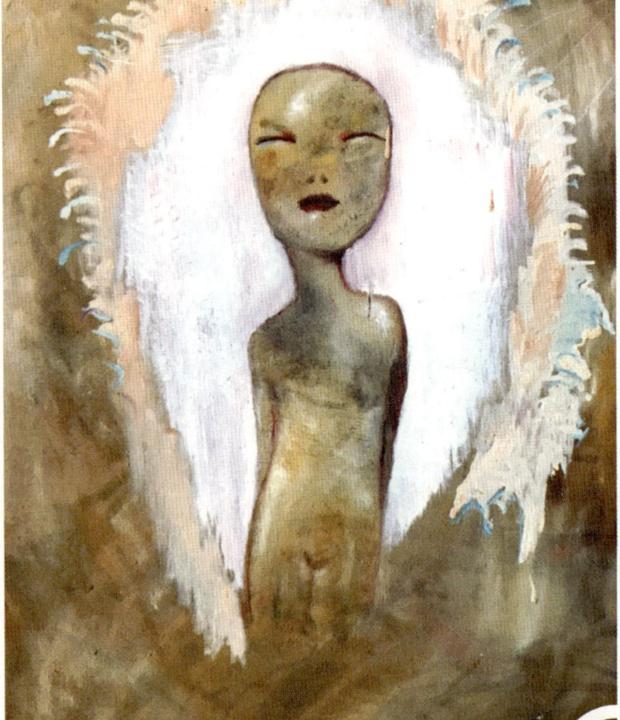

的了，假如在追求艺术的过程中正好碰到一个能与你相互信任，相互分享爱好、分担生活压力的人，怎么会不感到幸福呢？假如这个曾与你一起分享过生活秘密的人还希望你比他过得好，希望你比他更优秀、更出色、更具有超凡脱俗的魅力，这又何止是爱？这是一种超越现实的道义与信仰，唯有这样无可比拟的情感才能成就天才，才能使人在生死关头舍己为人，这种信仰的力量使人具有火一样的光芒。我称这样的爱为真正的情感和艺术。

这就是我的精神信仰、我赖以生存的勇气和力量。这力量让我了解到生命的意义在于对崇高情感的真实体验，这体验既非女性的身体写作，也非文学性创造，它是一种和真实经验有直接联系的本真状态，是情感经过历练后的升华。在现实生活中要想获得这种状态必须经过血与火的考验、光与暗的洗礼，并以飞蛾扑火般的勇气，直取生死轮回中的真谛。

只有像真正的英雄那样高举生命的旗帜，才能在艰难的生存中洞察真理。这真理会使你见证生活的美丽，获得生命的和谐，不再如落花般随波逐流。那时你爱的已不再仅仅是一个人、一种物,而是一种情操、一种境界,所以你才可以这样无私与无畏。而我的使命,便是将我一生的光华奉献给这充满无私与无畏精神的伟大真理。

我的一生就是这样充满激情地把自己奉献给了真理。在我那些值得回忆的过去的日子里,这样的激情被我以爱情的名义收藏、念叨、琢磨,当我老朽或者死去时,我也不会后悔我度过了这样一种人生。

怎好意思谈音乐

无论是诗人的诗意写作还是哲人的学术理论,都令我叹息,我看见了他们的精神主张与内心争斗,这些危险而又孜孜不倦的争斗刻画着他们的心灵。对我来说,若没有精力攀越精神的高峰,不如停留在声色撩人的世俗人间作词、图画,轻轻地把歌词画在音乐的墙面上。我靠着墙走路,少受些累,多受些保护。如果世界是充满悲哀的圆形球体,只有爱情和歌谣才能把我们带离这里。我一个人唱歌时常常哭出声来,可能是因为这种悲伤的幸福更具体、更自我。

音乐是我远离尘世的一个庇护所,我宁愿在它的庇护下正确地贮存时间,完整地表达自我。因为有音乐,我才会露出我的真实嘴脸,释放我的感觉器官,不管它是粗鄙丑陋还是国色天香,是让人神经颤抖还是深陷其中。

没有音乐以前,我是个没有精神归宿的行尸走肉;有了它之后,我成了会调配情绪颜色的小魔法师。我学会了表达,因为我懂音乐。音乐的火焰埋藏在我心中,一直等待着我的真话,我用了许多年才学会用音乐说话,这像一个可喜可贺的传说。最终我懂得,无论是痛苦还是欢乐,都是我的表情,都是我的生活;无论何种艺术形式,都是我的表达载体。我是艺术,艺术也是我。

我喜欢音乐的现场感,即兴发挥具有真实的情绪爆发力,是录音棚里不能体现的一种任性。每当我掉进思想的黑洞之时,我就会触摸到音乐这面墙。

我喜欢一位女歌者,因为她的音乐中带有革命性、侵略性,她的音色与她的性格一样具有一种为所欲为的张力。一个出色的艺术家借用很少的知识就可以创造出融汇了无限可能性的作品。

我喜欢 Portishead 乐队那种颓废的世纪末情绪,喜欢 Mono 乐队那种中庸小资情调,他们力图使人回到旧日时光。总之,分享他们的音乐都是令人快乐的。

我喜欢一切新鲜稀奇之物,喜欢一切老旧古典之美。我喜欢朋克;摇滚的阳刚力量也令我无法拒绝;我喜欢钢琴,它有一种令人悲伤的音色,能发出和灵魂对话的声音;我还喜欢鼓,因为我和一个打鼓的人生活在一起。

我们是*永恒的斗士*。

第四章

自由之声——概念的启蒙

斗士与伯乐

《美国偶像》选手的水平还是很高的,在那个舞台上表演过的歌手一般都有好的发展,尤其在商业上。

我自觉在国内此类节目里唱出来的歌手,大部分都已沦为商业机器里的螺丝钉,他们没有什么佳作,但懂得商业运作下的一切包装和宣传方式。这些流量明星就像是生产间里的货品,几乎全部是靠炒作和推销。而大批优秀的小众独立音乐人这两年靠着巡演和专辑推陈出新,加上各类版权平台的销售,都有不俗的战绩。

这些年,从豆瓣到网易云,再到虾米,音乐圈的版权风云也是几经变幻,这些前端平台的战争正是音乐网络化的象征。过去,香港和台湾都是商业机器运作的典范,却也不乏像王若琳那样知性、能够赋予音乐别具一格色彩的准爵士歌手。难道我们除了做一个聆听音乐的人之外,不可以去尝试改变音乐圈的现状、改变大众对音乐的看法和理解方式吗?

我们也可以成为一个合格的伯乐,成为好音乐的拥护者。音乐与我等之批评,相当于繁花清涧间一曲妩媚的乐曲与穿透它的利刃。

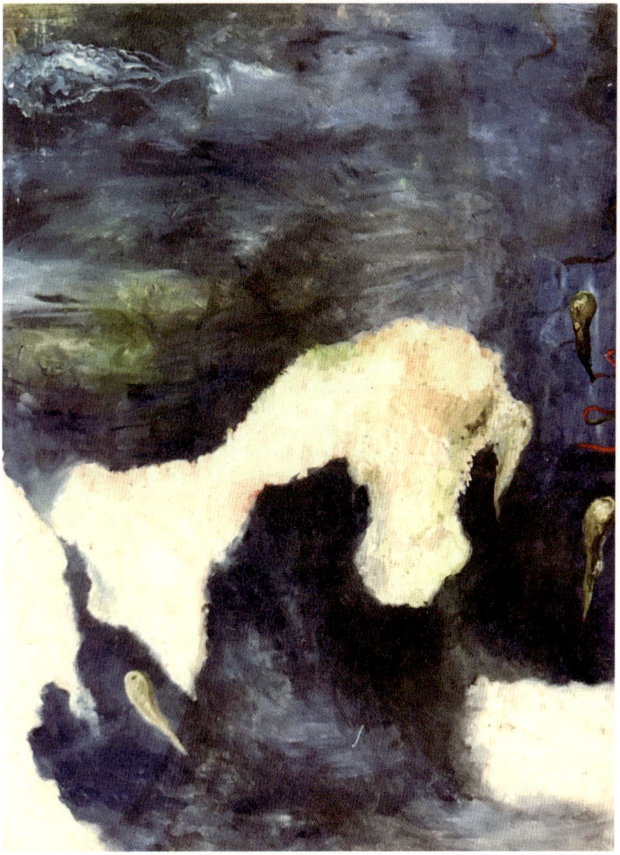

大陆的经济腾飞使得我们在音乐上照搬了港台那一套商业模式。但文化也不总是被商业包抄，人们还是会被优秀的音乐打动。如我这等一直被归类为独立音乐人的创作者，也应当在创作之余更多地和音乐平台协作推广独立音乐。

在主流音乐圈，仅靠个人的作品对行业问题进行观察、反省，很容易会被商业规则吞噬。有些制作音乐的团队与公司，在没有发现真正欣赏的歌手前，会不断地模仿和复制流水线产品，无法推动创新。我们需要更多能挖掘好音乐人的伯乐。

千里马常有，而伯乐不常有。似乎就是如此。

平等与自由

自由我们是有的,但平等很难实现。为追求这样的理想,我们应该面对现实,去做更多对这个社会有意义的事。

如果每一个生存在这个世界上的人,都怀着平等、自由的理想去生活,生命就会更值得珍惜,梦想也就越加可贵,爱情生活也会更加自由。这样的人总是会存在一些的。主流价值观念都会随着社会的发展发生相应的变动,但总有些价值观是不变的,它们的背后是个人的思考,彰显的是个人的力量。

文化的胜利

知识分子与艺术家不需要拳头，笔杆子和音符就是他们的武器。

一直以来我把人分为两种：一种是现实的，一种是理想的。第二种人往往是更成功的，因为他们是直面现实的勇士，是新思想的拓荒者，是追求先锋艺术的斗士；他们有不屈不挠的奋斗精神和超越任何困难的勇气，更有爱憎分明的个性和弘扬真善美的文化追求。现实在他们眼中是一个个鲜活的证据——证明让一个人的生命拥有力量的不是知识，而是人格，只有富有人格魅力的创造，才有感染力，因为它出自创作者的体验。

那还是1995年，窦唯、张楚、何勇的专辑成为引爆当时中国音乐圈的手榴弹，震醒了人们萎靡的头脑，新音乐的诞生代表了新一代人的思想、个性和感情的成熟。就在那年，我认识了他们，也走上了自己的音乐道路。

因为音乐，我们成了朋友；因为音乐，我们有了更深入的对话；因为音乐，我们至今仍在探索对生命无止境的爱。

我认为，与其在想象中成为和他们一样的人，不如用行动证明自己就是这样的人。

在现实生活中这样的斗士越多,我们的社会才会越加有希望,我们在文化方面所做的努力也就越能得到胜利的成果。

我的艺术观

艺术是想象与思考的结晶，好的艺术能反映一个艺术家情操的高尚，是个人精神价值与公共道德标准相符合的产物，具有这种特质的作品往往生动、有力。它和一切虚假、做作、浮于表面的表达相去甚远。在现实社会，往往只有艺术语言和艺术家人格统一的作品才能感动和启迪我们的心灵。

艺术家衡量自我的艺术语言必须以人格的磊落为标准，只有具有这样的思想境界，才能说是具有艺术家的风格。

艺术家的职责是用艺术作品造福社会，给予这个社会最热情的回报。只有引起大众心灵共鸣的作品才算是优秀的艺术作品。

艺术是人类思想活动的结晶，好的艺术作品可以感染人、打动人。没有伟大的艺术作品，这个世界就是乏味的。诚然，艺术作品与商业的结合，能够提升艺术作品的价值，如果缺乏对艺术作品的理解与认识，自然也就无法欣赏它的价值了。

189

女性艺术

当我第一次在阿姆斯特丹画廊看到心爱的舍曼的作品时，就毫不犹豫地把她的画册买了下来。辛迪·舍曼是一位具有前瞻意识的女艺术家，也是一位美女，更是当代艺术史上一位很有影响力的女性革命者，她的艺术观念和美术观念往往具有颠覆性。我们后来看到的许多作品都是在模仿她。其实，以她的资质本可以成为一名美貌的女演员，但是她所拥有的独立观念使她在美术和摄影上超越了自我。20世纪60年代，"垮掉的一代"中的德国女歌手妮可（Nico）与舍曼有相似的艺术理念，艺术表达也早于舍曼，但她没有舍曼这样的先锋观念。我认为音乐和美术是一体的。世界艺术前进的脚步往往是由美术引领的，连流行天后麦当娜都会花钱为舍曼办展览，同时她还收购了墨西哥女艺术家的作品。

一个思想者，无论现实处境如何，要能用自己的头脑创作出感人至深的作品。事实上，往往那些令我们在其中阅见自己生活的作品才是最打动人的，也只有这种拥有情感力量的作品才具有普遍的社会意义和广泛的传播价值。

我读六十年代

我是个不怎么喜欢抒情的人,做音乐是为了在广阔世界中坚持信念,历练胸怀。

做个诚实的人意味着要正直,文化的作用在于提升人的品质。揶揄文学的人充其量在意淫文化,并且将这种意淫神秘化,他们看似有见解,实则是拿浅薄当深刻。音乐与文学一样,都是深沉的学问,也是最简单的生活道理。

20世纪60年代是倡导和平与自由生活方式的革命年代,也是列侬创造"圣徒传说"的年代。那个年代的意义在于,在文化范畴内奠定了一种反思精神和批判态度,颠覆了旧体制,给我们提供了新的思考方向。那时的文化成了人类精神文明的一个出口。

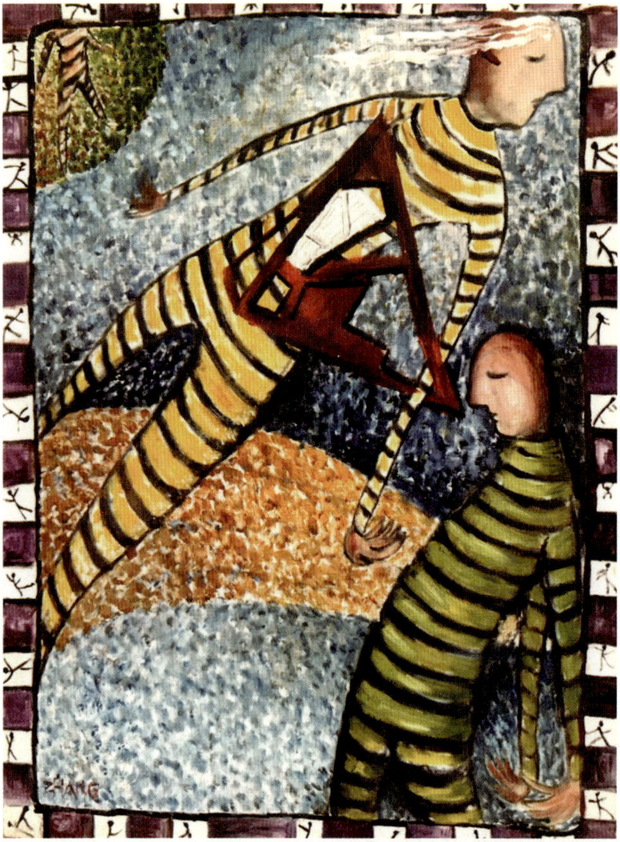
ZHANG

我看流行

我一直认为,不是经典音乐就没有流传的意义,也不具备传唱的可能。

但我在聆听了国外各种流行音乐、观赏了国外大量的音乐选秀节目后发现,流行音乐其实一点也不像我想的那样令人反感。事实上,流行音乐是最能抒发人类感情的音乐类型,和我对音乐的人文意义和知性品质的追求并不冲突。

平时我会借助网络和其他渠道,有选择地听一些自己喜欢的音乐,闲时也会去听听时下大家都听的歌曲。也许是因为那些风格相似的音乐总会让我有一种被腐蚀的感觉,所以我平时很少听当下流行的歌曲。但有时候也能碰到好的、能打动人的流行歌,这种歌肯定从歌词到旋律会让人有回味的余地。有时候也会遇到老的经典的流行歌,我便会去查查出处,再仔细了解一下演唱者,听听他/她的其他作品。

抒发感情,整理心情,掩埋心事,这些都是流行音乐带给人们的基本意义。无事可做时,我一直在写歌,但从现在起,我似乎找到了去写好流行音乐的动力和希望,那就是:并不是没有好的流行音乐,而是要怎么写好它。

我看民谣

自由的思想可以改变这个世界。

——题记

一切不能直面人类心灵的事业,都是一种欺骗。正因为如此,民谣的朴素、诚实就尤为可贵。民谣音乐的创作取决于创作者对自身和社会的观察与领悟,是创作者与现实抗争、建立自我价值的过程,是一种体现了创作者积极的人生观的音乐形式。

我认为大众太需要民谣了,它饱含的朴素的情感,可以抚慰和温暖人心,引发人的情感共鸣。民谣对生活的阐释,可以激发人们对生活的思考。我把我的民谣作品分为两类:一类是风格民谣,另一类是叙事民谣。前者与我的生活紧密相连,如我对故乡青海的感情、我成长过程中那种不屈不挠的精神等,它们的旋律很欢快;后者则表达了我在外面世界的所见所感。民谣是非常独特的,只要音乐人能够很好地与传媒结合,民谣的潜在价值一定可以凸显出来。它的人文价值与商业价值都是值得我们关注的。民谣反映的是一代人的心

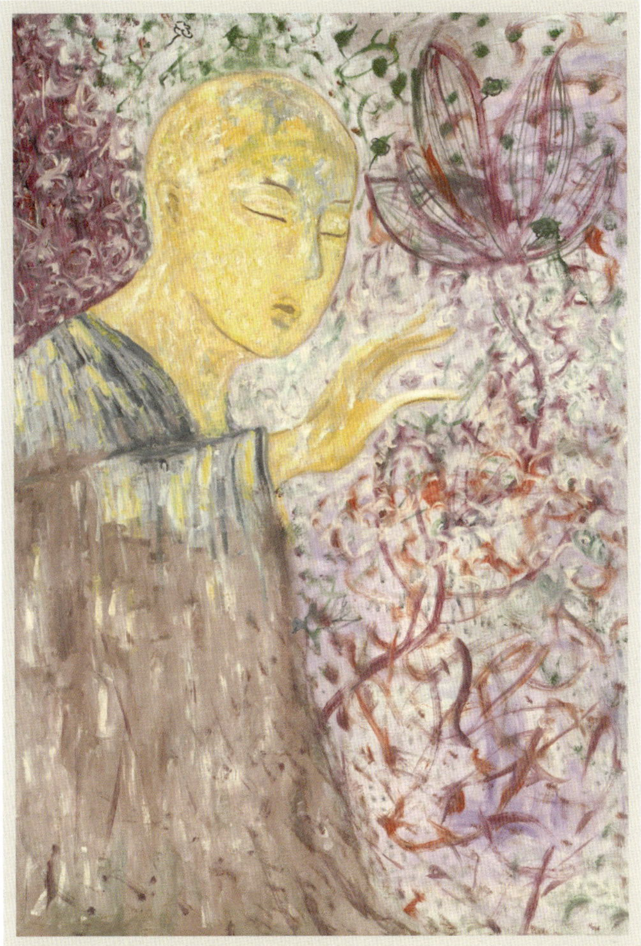

声，用这种方式与听众进行交流，是具备大众文化的色彩的。

民谣对我的影响是在音乐精神上的，是概念化的。事实上，我更在意精神性的东西，我认为音乐就是人生的写照，是我与人交流的独特语言，是一种心与心的沟通。

先行者的呐喊

一个作家、一个人道主义者给这个世界呈现的是他的悲悯心，没有这种刻在骨子里的精神便不会有伟大的作品。

自从崔健打开中国摇滚的大门，给我们带来"一无所有"的呐喊后，我一直在自问摇滚到底是个什么东西。也许摇滚代表着自由的思想、血性的气质、独立的人格，是一种让人敞开胸怀的精神力量。所以，只有饱含对现实社会和个体生命的关怀，以及反对一切不平等的自由思想，才能被称作是具有摇滚精神的"Rock and Roll"。约翰·列侬和鲍勃·迪伦，以及一切具有人格魅力的那些先行者与斗士们，他们是我们的榜样，也是我们应视为知己的同行者。

我一直做着各种形式的音乐，如歌剧般悲壮、凄美的音乐，如维塔斯（Vitas）那样有爆发力的音乐等，我十年前都实验过了。然而，从骨子里，我又是极其摇滚的。因为如果没有自由的思想，我就不可能学着去追求一种时刻在爱情中涅槃的精神。

是的，只有摇滚才属于我，因为它是有血性的，也最能表达我的思想境界和精神面貌。

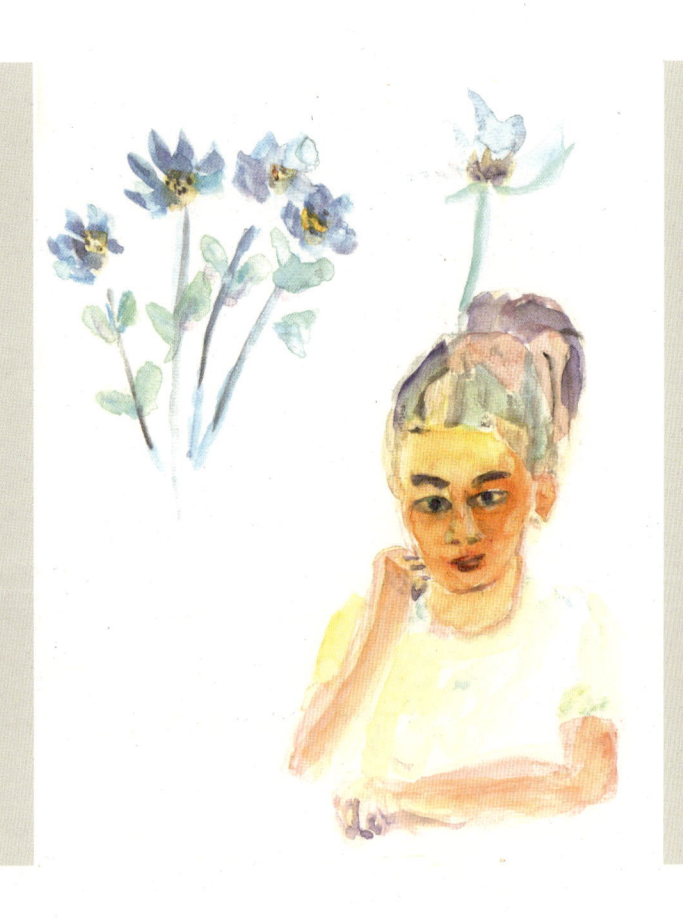

现象随谈

一直以来，我们关注的全是主流媒体的声音，正因为这样，像"超女"这样的选秀文化才会流行，因而似乎目前大家已经形成了这样一种认知：只要是我们自己选择出来的偶像就是好的、香的，殊不知，主流的审美取向并不一定能完全反映选秀作品的优劣及其所代表的文化价值的高低。艺术需要独立思考，更需要革新与创造，眼下那些流行在网络和地下的"公共骗子"就充分证明了时代审美是需要颠覆的，艺术是需要革命的。

对艺术的偏见在于，只要涉及身体的、女性的表达，就像一些女作家的创作那样，就被视为代表女知识分子的立场。实际上，无论是何种"文化偶像"，都摆脱不了以自我为中心的思想意识，也因而使其创作受到局限。我认为在某种程度上，这些大众文化偶像对于名声的喜好远远超过他们对这个社会的思考。但是一些通俗的艺术形式如电视小品却继承了我们优良的文化传统。为什么这样说呢？因为其中一些作品带有对现实的批判精神，通过刻画小人物的命运表现出我们大多数人所共有的苦难与不平。

还有一种艺术强调对边缘文化的重视,比如贾樟柯的早期电影。就算边缘代替不了主流,主流也会被新的文化形态所解构,因为艺术创作需要革新,甚至需要颠覆性的创造,时下在网络上流行的一些作品就明显地证明了这一点。《列宁在1918》等电影也是很好的例子,在当时那个时代,它因时造势地开了一种表现形式的先河。

艺术要有独立思想,要有革命和创造意识,才有可能朝新的方向前进。在某些所谓的"恶搞"作品里,我们看见原有的标准和模式被打破,这些出自民间的大众娱乐作品,提供了有价值的思考,也使很多人从中得到了快乐。

小小活靶子

"我要离开这成堆的罐头,反正我迟早会被人吃掉。"

一个人的行为举止不过是一种外在表现,很多时候,它几乎和一个人的心灵世界没有多大关系。在更多事实未被揭露之前,人们常会依赖表面现象去判断一个人,只有在不多的文化窗口才偶尔透露出一点社会与人的真正关联——通过哲学或是更广泛的思想探索。当然,我谈论这些未免故作姿态,事实上,我也是那些不明白的人中的一个,只不过我想走得更远一点。可我这样想也没用,许多镜头还是拍下了我脸上的每一个瑕疵,这些瑕疵被无端地放大,并被PS得人模狗样,挂在墙上,像幅真正的广告画。

谁让我是个天生的好模特呢?这真是天大的荣幸。

在社会上,每个人都希望被需要、被承认。在充斥着各种真真假假的喧哗声的今天,无良媒体可以任意拆分、组装你,用他们的尺度和要求来设计你,为的是让大众吃下他们炮制的精致宴席。你就像一道菜,被炒、被烹、被添油加醋、被改头换面,而后被挑三拣四者指点,被所有脑满肠肥者咀嚼、吞食!

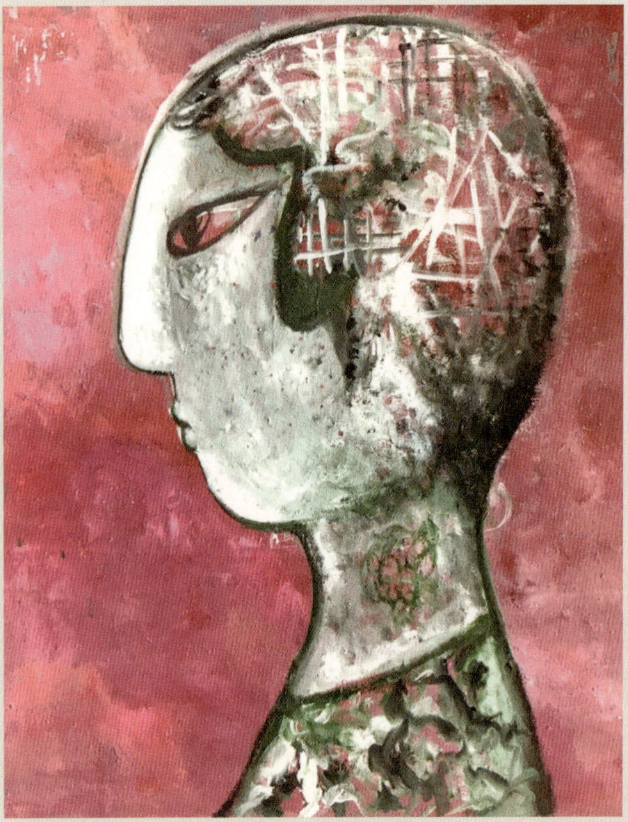

我即将发行的唱片也要面临这些问题，甚至是更大的问题，但我已做好了被炮制、被绞杀的准备。我理所当然地想，不管地上地下，菜能长出来被吃掉就是好事，撒点农药好像也无所谓。唉！只要你抛头露面，你就像一只被拨来弄去随时等待出售的鸡，厨师的炉火正旺，烘烤正是时候。

于是我也变成了厨师，也把自己腌一腌、泡一泡，看看味道是辣是咸，是川味还是广味。但是我觉得最好还是能做个医生，诊断一下自己与这个社会撞击后会有多疲倦和窒息，再从容地拿起针筒冲锋陷阵。

最后的最后，我变成了一堆化合物，在自我观察中培植自身的细胞。

以前我是被碾成黑色平板的印刷字体，是在纸上横来竖去勾画出的一个形象，充斥在各个角落，连接你和我之间陌生的空间，帮你腐蚀着老朽僵化的空气，帮你堵塞填满垃圾的房间。不管你闻到的是青春的花朵香味，还是陈年的煤炭里散发的霉味，你都不能拒绝呼吸，因为你就在我身边，你与我同在，为建立一起生活的基本感情我们必须同甘共苦。

206

音乐与人文

单调的歌词一旦有了旋律的注入,就立刻生龙活虎起来。20世纪90年代初,罗大佑成为我解读流行音乐的第一位教父,他充满哲思的人文情怀,给了我无数教诲。音乐的种子就像情窦初开的恋情,从此在我心里生根。在他配器十分"电子化"的曲风里,从《闪亮的日子》《童年》到《现象72变》《亚细亚的孤儿》,再到《穿过你的黑发的我的手》《追梦人》,罗大佑把通俗流行的音符变得如此富有质问现实的意蕴,他借助音乐的媒介发出了自己的声音,这也是一个理想主义者向现实举起的拳头。当然,他那些留在我青春时代的音符,也为我后来的创作之路打上了美好的烙印。

在罗大佑饱含诗性的创作中,其对变革时代的台湾的反省十分强烈,这也是他创作的风格与特色:坚持对现实的关注。回到大陆流行文化,很多年来,大陆都没有产生他这样的歌手。也许这是一个值得我们关注的现象。

回顾两岸流行音乐的历史,又不得不参照影响了两岸音乐人的欧美音乐。在被我们视为标杆和精神领袖的欧美音乐人身上,无不体现着来自民间的叛逆和勇气,他们通过音乐解读本民族的历史,以艺术家的良知为一个时代打下自己的烙印。包括鲍勃·迪伦、约翰·列侬、格思里等自由斗士般的歌手,他们歌唱的一生就是一部部个人精神奋斗史,这种精神就是一种敢于表达自我的观念与态度、敢于反思现实,且不为时代所限制的永恒斗争的精神。

209

210

自由之声

我喜欢的不是鲍勃·迪伦的歌词，也不是他的诗，而是他对音乐的那种信念感，当一种信念可以贯穿一个人的一生时，他就是伟大的。在我心里，约翰·列侬也是这样的人。我认为，我也是这样一个人。尽管在我的生活里有无数的挫折打击着我、折磨着我，甚至要扼杀我，但我凭着内心闪烁的信念的光芒，永远与真理同在。

在**思想**的天空，

音乐是飞翔的翅膀；

在音乐的*海洋*，

情感是内心的**珍藏**。

第五章

歌是生活的诗

疤痕

2001年,我和阿育在定福庄附近一个小区的早餐店相识,那时我还在迷茫与彷徨中辗转,我和一大票人合住在九楼,这加剧了我的梦幻感。我在那时完全没有意识到音乐对于生命的意义,后来时空错置,我在如过山车般的人生里,无知地前行,没有太多金钱,也没有同道知己,更没有前行的指引者。我只能绕过陡坡行进在去往琴行的路上。我实在是难堪得很,那些刻录的光盘里装着我许多年来没有发表的作品。在那些具有引申意义的作品中,爱就像是一条支离破碎的路,令人无法前行,也不能倒退,我陷入了坏情绪。但我的悲观厌世,都被体内另一个坚强的人格给消解了。

那些年,我的生活,历经了许多磨砺,我曾经在酒吧写下《爱的港湾》《心碑》……在记忆的碎片里,往事一一重现。失眠的夜晚,刻满崎岖的精神印记,音乐是浮动在空气里的花朵,黑暗里,从未有可以给你支撑的人和物。

也许我的孤独与悲哀是因为缺乏一份爱情,或者一份坚不可摧的友谊。

我做过很多了不起的事情,然而面对生活的变迁,我却像那些旅居北京的过客一样被人遗忘。从一个拥有少年心气的人，变成一个为了生存不断更新价值观的人，我的理想，一点点被冲刷，那些燃烧过的岁月都无法表达我的热血和雄心。

我无师自通地学会了编曲，给自己编了一张了不起的专辑。我写了非常多的钢琴小品，里面充满了那些具有迷幻气质的、隐喻爱情的玩意儿，在爱情面前，我无能、无奈。我在网吧里度过了很多昼夜不眠的日子，在那些不能被称为家的地方，我似乎从不曾成为自己想成为的样子。

魔幻之旅

时间退回到12天前,我和扬相逢在一家不太起眼的小餐馆。朋友拿来酒,目的是宿醉一场,而我却没有这样的想法。后来几个人凑在一处,听了几张好碟,就着小菜和花生豆,不觉一夜就在侃侃而谈中度过。那晚,窗外似乎有圆的月,但我当时并未见到,想必是记忆的错觉。这样的夜晚,有列侬的歌声陪伴在旁,唤回了我们对于过去年代的传奇故事的话题,这迅速使我和几个好久不见的兄弟,在感情上重新有了默契。

和扬还有S聊着"垮掉的一代",我诉说着自己如何受了欧美音乐观念的影响,而放弃过去的生活走到一条自己不曾设想的路上,这路是多么宽阔、自由。我们都向往20世纪60年代美国垮掉一代的生活。这种生活,就像乱世里的英雄,把生命当作一次尝试,让青春像列车一样呼啸而过。在这呼啸声中,生命也许会变为一团血肉模糊的肉酱,那也好过碌碌无为。

十八岁时,我把理想当成生命里的一切,我的狂想和蓝色的天空融为一体,青春的血液流动着,我仿佛在冥冥之中

217

看到一个真实的未来。这会让人有一种胜券在握的感觉。生活的转变，让我想起小时候的一段经历。那时候，我生活在一群藏族孩子中，他们勇敢无畏，无论男女，都有一股血脉偾张的力量，这股力量从他们的肌体和个性中散发出来，与我童年时在黄土高原上见过的西北农民的性格很不一样。这印证了别人对我生活的影响，在不同地方的生活经验直接影响我的观念变化。

时间真是过得太快了，像匆匆的流水。是啊，还有多少时间可以等待，可以因为自己而变得有意义。看着身边的朋友聚聚散散，我的心中感到一份欣喜。理想的生活其实就在眼前，只等你去创造它。

我和扬还有璐蔓漫步在通州郊区的铁道旁，列车像梦一样穿行在我们头顶的轨道上。

刚"失去"一个乐队，我需要新的精神指引和思想撞击，使我重新回到集体的温暖与关爱中。对我来说，真正意义上的财富，是在一个乐队中，通过自己的努力将音乐理想付诸行动。你不会知道，我曾经和他们心手相连，如同一体,而现在告别这样的集体,告别一段艰辛的历程,对我来说,是一种思想和精神的裂变。

是啊,如果我有几个音乐上的伙伴、几个志同道合的合作者,每天能和我一起兢兢业业地练习,一起为音乐而活着,那该是多么幸福。因为有痛苦你才创造,有思想你才歌唱,就像生活,每一种欢乐,每一次悲伤,都是我们的真实感受。

音乐是我感受人生的一种方式,用情感的火花点燃思想的光芒,这是我们通往远方目的地的唯一路途,这样的生活让我体会到自由!

可能我和多数人不一样。扬需要一个乐队给他添补一些光亮,而这些虚空的光亮对他的意义是什么,恐怕连他自己也说不清楚。他在思想意识上和我是有距离的,他那紧绷绷包在屁股上的牛仔裤、装满艾伦·金斯堡的诗歌的脑袋,在我看来,都只是对别人生活的模仿。这是另一个时代,我们要创造自己的生活。把音乐作为一种生活方式早已成为我不变的信仰,但我从不认为向往一个时代的生活就要将那个时代的东西都照搬过来,让自己轻而易举地被洗脑、被催眠。

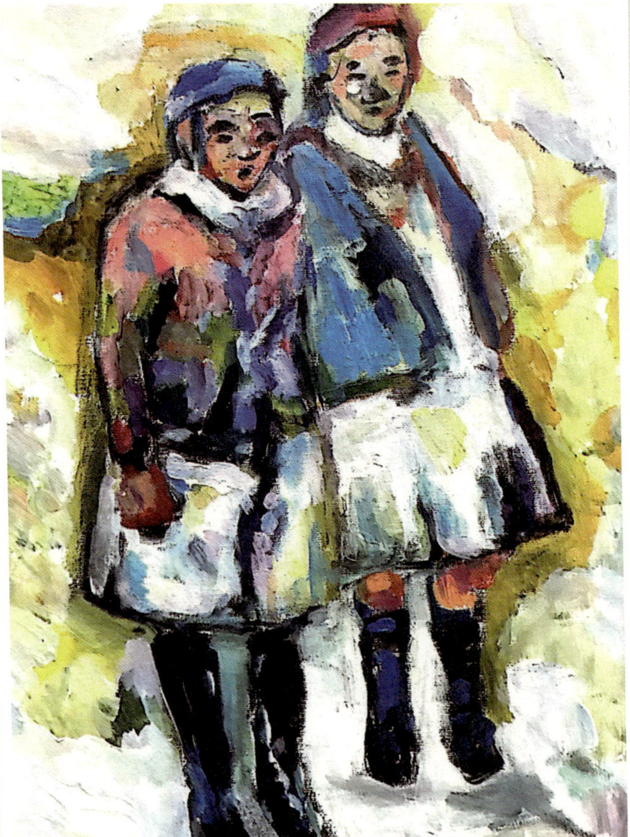

可怜的扬被外来文化殖民了。我想要的,是用自己独立的思想告诉别人,有一种信仰的力量在指引着我们自己的生活方向。反中产思想以及忧郁的小情小调,在我看来也许就是扬的生活方式。但人的思想必须是独立的,这也可以说是一种孤独的力量,就像我要用我的吉他做一杆枪,我要战斗到天亮,它跟着我的思想驰骋疆场。如果沟通是为了在人与人之间搭建理解的桥梁,音乐就是我和外界对话的心灵语言,它是我灵魂的火焰,是我生命的探测器,我用它探寻生命里的感动。同时,在对音乐的信念中,我也渴望做一个诚实的人。

我向往用音乐说话,对我来说这才是真正的自由。我知道,和同行交流,并不意味着大家就是同样的人。现在活在幻想中的青年太多了,把音乐作为一种实现自己野心的手段,我和他们并不同路。依照我的理解,做音乐应该是像书写优秀的诗歌那样,有丰富的表达,让人抵达心灵的港湾、思想的彼岸。我们经常会听到虚假和献媚的音乐,但这些没有生命力的音乐,不是我做音乐的初衷。

我知道自己想要的生活，就是用我的能量照亮别人的道路。这理想总有一天会产生惊人的力量。

是的！我喜欢一切波澜壮阔的东西。关于人类的哲学和思想，我沉溺已久。我渴望穿过头顶的天空，站在人类精神的珠穆朗玛峰顶端。思想境界是衡量艺术家的标准，也是衡量艺术作品的准则。如果有一天，我以一个优秀艺术家的思想标准把握了生命的哲学，我就会感到满足和幸福，这或许是生活馈赠给我唯一的精神财富。

生活的际遇总是让我感到喜悦。真实的生活，充满了诱人的芳香，我虽然还没有自己的成果，但对我来说，生活就是一个探索自我的过程。

超时速的冥想机器转动着，闪着银色的光芒，为了此刻的战斗，我又开始追寻新一轮诗意的表达。生命的意义总是藏在新的战斗中，我将释放更多光芒！

勃拉姆斯

如果说大多数摇滚和电子音乐作品的创作都是受古典音乐的影响,那认识真正的古典音乐对人们来说,似乎是一种必要。提起勃拉姆斯,除了他那柏拉图式的爱情外,更重要的是他那深沉如秋高气爽的蓝天、如烟波浩渺的湖水般的音乐。

记得小时候听他的作品,无论是那具有民歌性质的《匈牙利舞曲》,还是《第四交响曲》,都有着寥廓霜天、层云荡胸的气势,让人感到身心舒展,心头升起无限畅想。在我看来,勃拉姆斯的音乐既不像巴赫那么谨慎节制,充满对上帝的信仰,也不像贝多芬那样如斗士般在音乐中彰显怒吼的反抗精神,他的音乐叙述着内心的纯洁、天真,有着饱满的自然之情。

他的音乐小品和钢琴协奏曲,呈现出一种平凡而又高贵的心灵世界,就像雨水冲刷过大地,雷电闪烁在天边,让人感到明净、清新、温润与辽阔。

看资料介绍,勃拉姆斯出生于一个职业乐师家庭,他童年生活十分贫困,7岁随父亲学钢琴,13岁便在酒店为舞会弹伴奏，在剧院帮助父亲演奏。与此同时，为了多得报酬，他还写了不少沙龙音乐作品，包括多种舞曲、进行曲和管弦乐曲改编曲等。靠着自己的勤奋好学，他创作了许多优秀作品，他的成熟作品证明了他掌握着登峰造极的艺术技巧和才华。

很多乐评家都认为，他的音乐戏剧性可说来自贝多芬，而他对民间歌曲、舞曲等形式的兴趣显然效法舒伯特，他个人热情的叙述音调，则使他更接近于舒曼。勃拉姆斯继承了贝多芬交响乐的传统，吸取了深刻的人道主义和热烈的爱国主义精神，着力表现时代的精神风貌和斗争生活。他的交响曲作品气势宏大、笔法工细、情绪变化多端，时有牧歌气息的流露，尤其《第三交响曲》与《匈牙利舞曲》，更是将取自民间音乐的特点发挥得自然舒放。

就像所有带给我们启迪的古典音乐家一样，在勃拉姆斯那里，音乐无疑成了表达人的命运状态的最佳手段。音乐，是一种对生命本源的自省，能够浸润人的灵魂，使人心灵沉静，是人们与生俱来的伴侣。

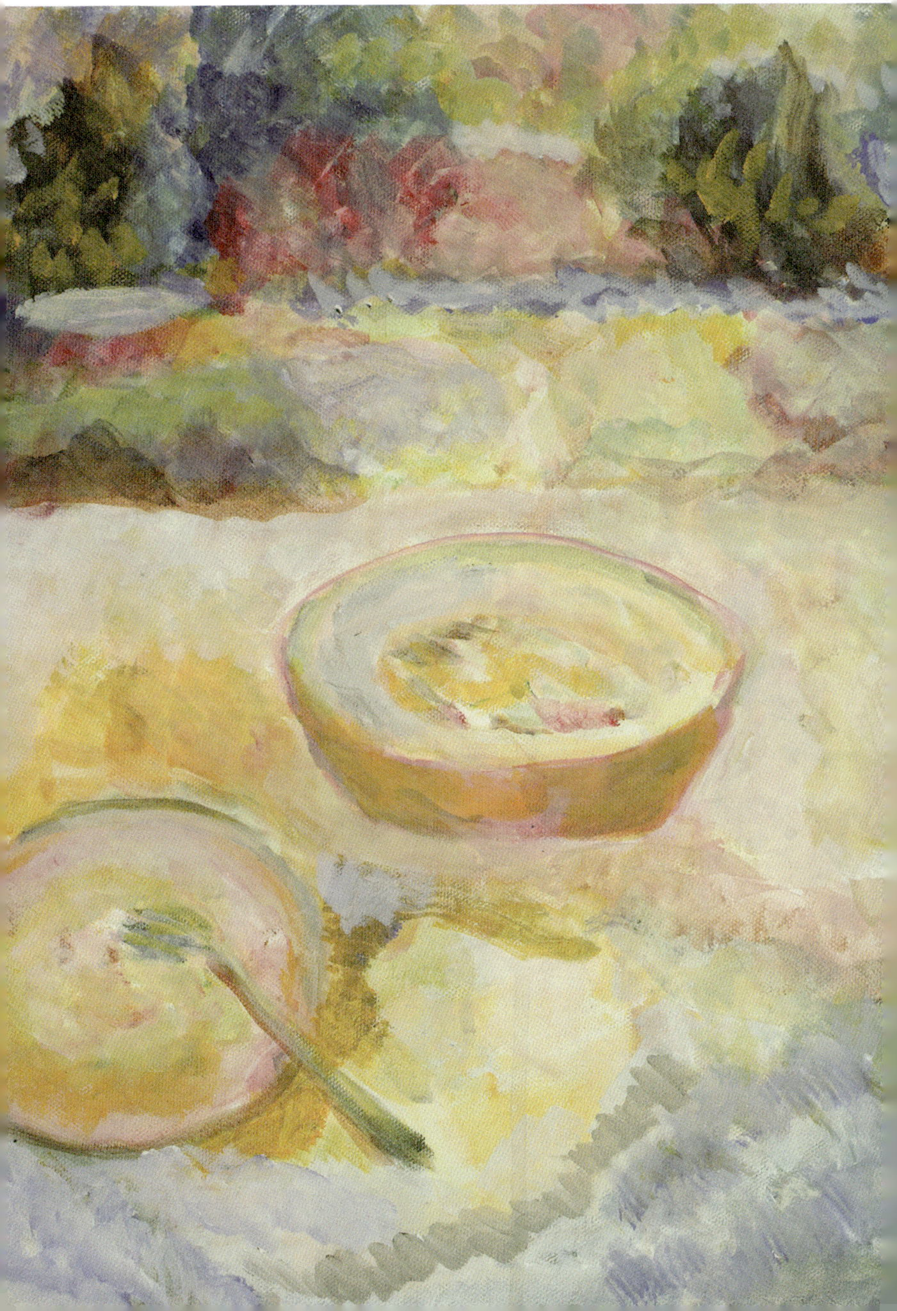

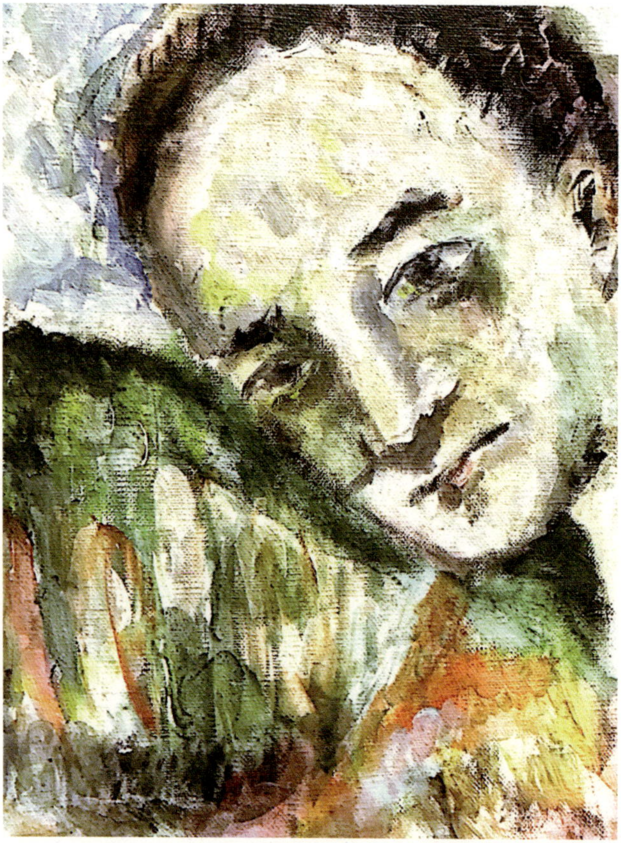

抵达事业和理想的彼途

我的歌是唱给有良知的知识分子听的,也是唱给各个角落的贫苦大众听的;是为了表达自己的信念,也是为了战友和同道知音。

这些年,我写了很多音乐作品,也打算把很多歌录制成专辑。在苍茫的路途上一个人颠簸,就像海鸥在海面上不停飞翔,追寻自由的脚步从不停歇。这些如画般的歌曲正是我心中的理想的写照,而我驻足舞台,就是对生的爱和对活着的思量。也许音乐是一种宗教,也是一种热望,为了抵达事业和理想的彼岸,我还需要接受更多的考验。

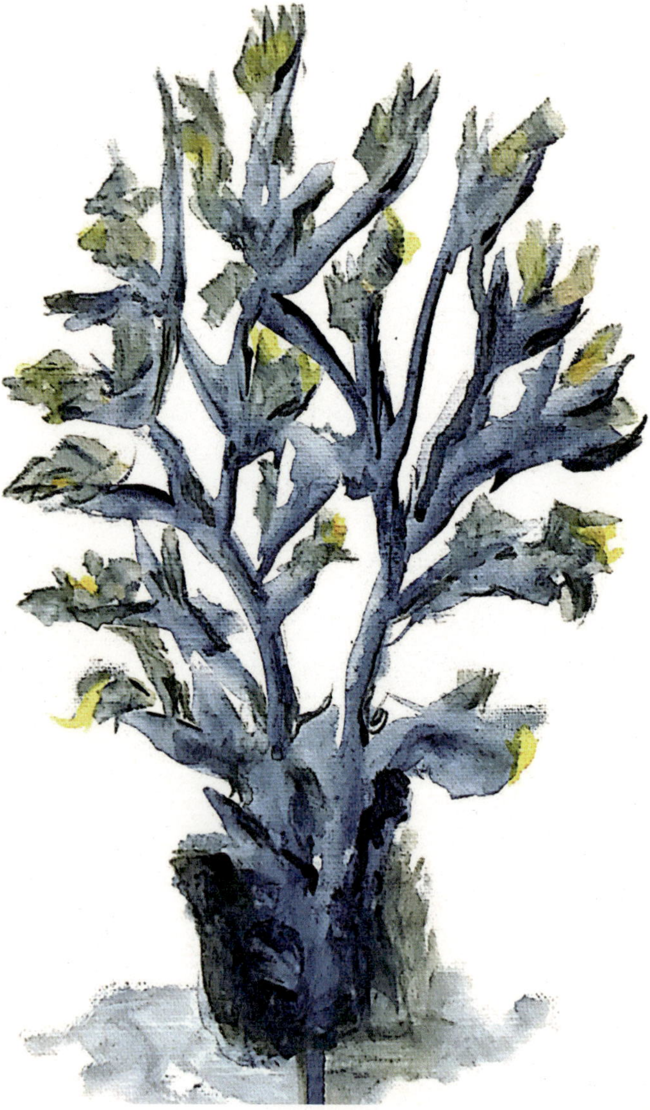

留下的未来

时空从未被谁改变过，也不会因为谁的憧憬而停驻。如果视野变得更开阔，你就不会再为稠密的工作安排而感到困顿，也会找回所有失去的热情；如果你选择和那些志趣相投的人合作，和那些能滋养你心灵的人相互给予营养，那么你就会觉得世事不再艰难。

诚然，网络可以掩盖人的本来面目，社交媒体可以给你制造一种生活幻觉，但那从来不是真诚、温暖的，更不是值得留恋的。我只想选择更有价值的生活，值得保留的就是我期待的未来。我不想要假面的人生，也不想与假面的人为伍。

时间越急促，我就走得越慢。我会留心观察那些真正值得守候的，期待着爱和歌的融合。

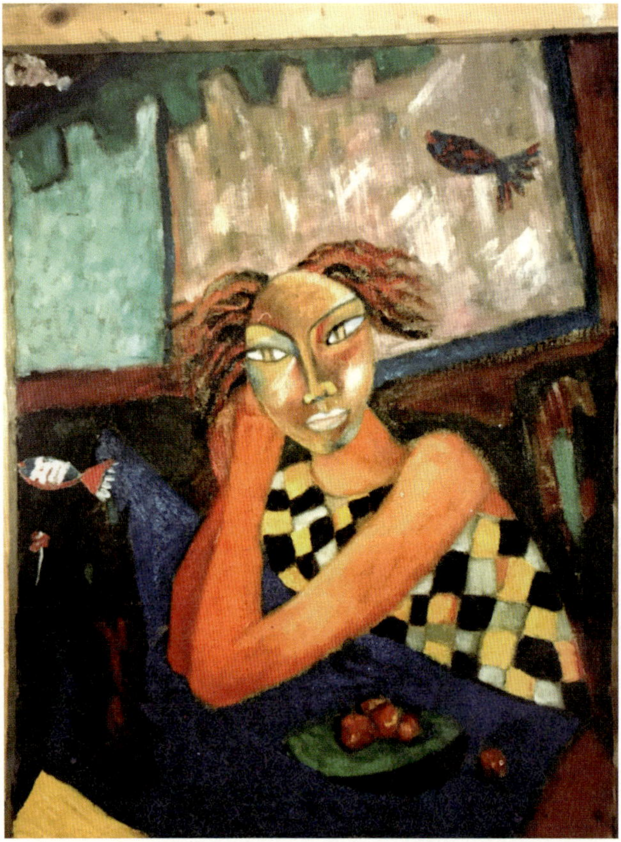

幕间曲

我在常营和黄渠住的时间都不短，那些破落的小院、衰败的房屋，那条没有路灯的小路，是如此荒凉。在矮墙的另一边是新建的高楼，而我住在杂乱的、窝棚似的地方。在那样的地方，我是不是得到了成长，或者在情感上不再迷茫，我无法解释。但是夜半时分，在短暂的演出间隙，怀抱着吉他的我还是会想起那些流离的日子，我想它们还是在情感上对我产生了影响。

人的一生需要走过多少路，经历过多少痛苦、失败才能成就理想？艺校毕业以后，我虽然努力了一年，但并未考取大学，当时，我自己找了一个学校补习文化课，但是只能考音乐学这样的冷门专业，因为原来的专业基础太差了，上大学成了一个遥远的梦想。在那时候，我碰到了我当时的男朋友。那时我并不懂奋斗是什么，只知道自己不想和其他人一样混日子，想飞翔在更广阔的天空。

经历了在那个年龄需要经历的一切，无论好坏，我在社会的泥沙中熏陶、塑造着自己的未来。多少漂泊无依的路途，多少说不出的欢乐和感动，一幕幕，在四季的时光里循

232

环：初去广州的经历、青春的迷茫、在异乡的生活……就像过了一个世纪。在岁月的长河里,是怎样的过往造就了我的坚强和一颗永远年轻的心？辗转北上后,我又是在怎样的挣扎中走上了一条音乐人的道路？从初期的试探到全力以赴地付出,我在徘徊挣扎的失落感情里探寻自己的音乐,无数曲子在我的房间回荡着。在许许多多的日夜里,我拥有了回忆不完的故事、说不完的喜怒哀乐,这是生命的馈赠,在活着的每一天,我都不想辜负自己的生命！

狂想和激情是我生活的燃料，

无论和谁生活在一起，

我的本质是不会改变的。

第六章

音乐人物

开篇

每个艺术家都应该是英明的政治家，政治有时候也是一种艺术。

在多年前的一次聚会上，我碰到了艺术家刘索拉，我们共同参加一个活动，她是表演嘉宾。我在她表演之后将自己随身带的《灵魂出窍》专辑送给了她。我记得，我曾将我的第一本音乐日记送给了一个艺术家，那是一本没有音乐、只有图画和文字的薄薄的本子。那本日记，就像我的音乐，是珍藏于我心里的童话，记录了我的痛苦和付出。

我曾经也找过同在艺术圈的何训田，将已经发表的音乐磁带寄给了这位在音乐上很有作为的老师。他对我说，我的音乐很有自己的风格，很原始，没有任何模仿其他人的影子。

不知从什么时候开始，那些独属于我自己的音乐就像爱情的影子，一直伴随着孤独的我，在与人、与天地较量的时候，我知道我是那么幼稚和无趣。从未有人将自己的生活如此彻底地放逐过，我陷入了不辨黑白的执着信念之中，就像被一个不成熟的心灵指引着。

是谁对我说，这就是我的命运……

237

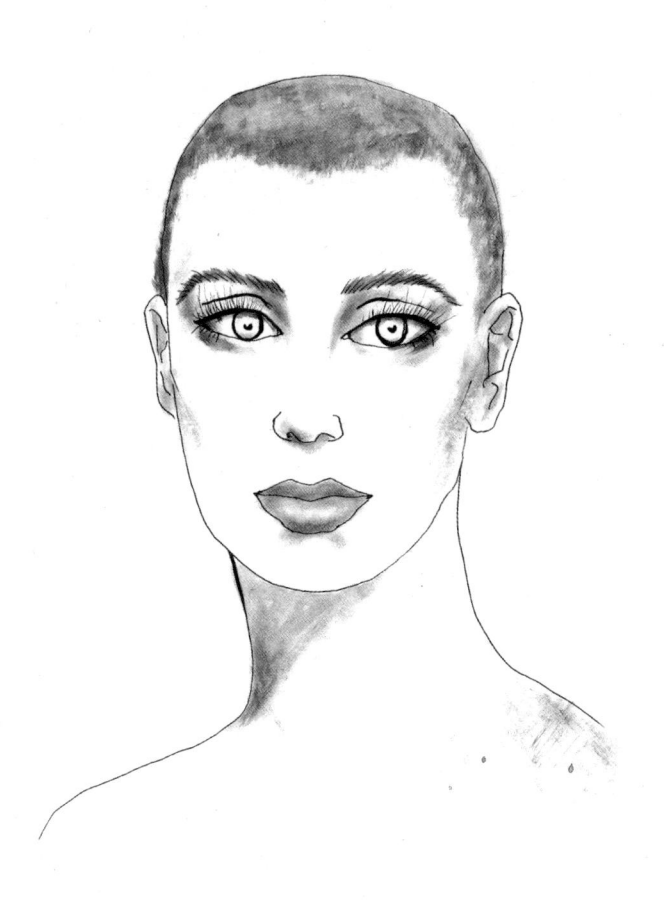

纯粹

在音乐的旅途中，至今为止，我都认为窦唯是和我的个性最相像的旅人。窦唯的音乐观念决定了他的气质是一个爱好自由的漫游者，他喜欢独特的东西，并且具有强大的控制力。从本质上讲，一个对音乐有要求的人总是渴望主导整个音乐圈的走向，他的音乐风格一直很统一，他这个人也非常专一。

之所以说他也是一位旅人，是因为他音乐里的实验性、颠覆性，那种即兴的创作方式彻彻底底地贯穿在他的生活当中。在音乐的旅途中，窦唯是率性而为的，他的性格是饱满的，在对音乐的态度上，他向来也是高傲和不妥协的。在许多有才华的艺术家面前，窦唯的生存状态以及他个人的坚持与努力，似乎都在试图改变中国摇滚音乐的现状。换句话说，在既定的游戏规则中，总有人坚持自己的游戏方式，他们也终会以自身的力量超越规则。窦唯就是这样的音乐家，他不断变换着自己的音乐风格，在艺术的道路上艰辛地探索着。

窦唯的音乐整体上给人的感觉是空灵的、自我的，这是他的全部艺术追求。即使是在音乐中特别加入了一点民族、爵士元素，抑或其他特性，他都是很有个人风格的。

在艺术圈生存，一个人的生活方式就是他的精神写照，在这方面，没有比窦唯更坚持自我的人了。他在艺术上的坚持既是一种对平庸生活的抵抗，也是一种寻求快乐的途径。今天的窦唯已经将自己恰如其分地融合到了乐队的生活方式中，并通过纯粹的乐器的声音，表达音乐给予他的全部快乐。

幻灭世界中的诗句

在我眼中,张楚是一首诗,是一首在耳畔挥之不去的歌谣,是一出充满自由气息的歌剧。在他的世界里,个人的生命与他人、与自然都息息相关,与鲜花、夕阳、夜晚醉酒的流浪汉、不相干的姑娘等都有着具体的联系。可能在这个有着孩子样貌、性格有些孤僻的思想者面前,生命是如此脆弱,随时都有被伤害的危险,然而这伤害恰恰使这个孩子得到了成长。

在张楚的世界里,爱情不是丰碑,不是幕帐,也不是洋溢着春天气息的流行情歌。他的爱和最卑微的生活发生了关系,因为恋人在他们的床上思考、感伤和死亡,就像那午后的阳光一样,在游荡的口哨声中变成了绝唱。

我以为这是所有爱情歌曲中最感人的一幕,因为他是一个不会用歌唱去树立自己形象的人,他表达自我的方式只有那种最贴近本源的思想,这思想使这个后来略带神经质的人发出了耀眼的光芒。他的光芒在许多人看来比崔健更加震撼,因为它脆弱、孤独,所以更加感人,而所有脆弱又感人的作品往往不是来自天才就是来自疯子。

241

在张楚的眼睛里，世界是一道斑斓的彩虹，他可以看见那通往彼岸的七彩桥梁。为了追寻孩子眼中才有的幻美世界，他成了最无辜的诗人，这个不会用歌唱表达自我的人，只能用他那非凡的音乐记述他丢失孩子般的梦幻世界的真实经历。或许艺术就是写在平凡与不平凡者之间的最简单的话语，艺术就是他的生活，所以所有友善的人都原谅了这个单纯的、不能与世界对抗的诗人。他注定要孤独，这孤独会给他撼人心扉的力量。除了这最原始的、他独有的精神外，诗人是什么也没有的。

对于我们这些已经无法用原始力量获得新生的人来说，张楚的意义在于他巧妙地将有个性的自我生命与现实生存相结合，他那些动人的、诗意的歌曲，比其他音乐更让人感动。这不能不使人想到那些与他同时代的天才或俊杰，如海子、顾城等，张楚与他们一样，都是在大时代的背景下朗诵自己诗作的赤子，他们是单纯的，也是孤单的。

在现实世界中，诗人更多为我们提供了一种可能：所有的孩子都有可能在理想的襁褓中成长为一个有自己独特天分的人。只是这个过程需要付出代价。和那些文本式说教者相比，诗人实际上在以最弱小的力量去征服整个世界，就像堂吉诃德，他们都是无法背叛自己的理想主义者。

这个孤独者的歌是那么苍凉，在他仿佛不谙世事的自白中，揭示了死去也是一种抗争的道理。所以张楚的歌有宿命感，好像他的命运只能成为一首首孤独、敏锐的诗作。有梦，描绘人最原始的状态，才可能成为一个骄傲的创作者，一个值得时代之眼去聚焦的艺术家。作为一个唱出时代理想的人，他也成了许多孩子眼中的英雄，哪怕这个英雄是失败的，因为没有一个人会像一个失败的英雄那样更具有那种有血有肉的情感。

在对成功的衡量标准不一的今天，成功也可以是一种心态——如何笑对人生，如何不含泪而去。歌者可以将爱和痛同时揉进歌里，只要没有虚假，只要与真实的世界血肉相连，所有的经历都是值得的。

冷酷而漠然地活着，才是令人唏嘘并痛惜的。用歌声为我们念着诗句的那个孩子，是不是早已在幻灭的理想面前，走失，不再清醒？

如果我们所怀念的只是梦境的再现，而不去自我拯救，那么美丽新世界就不会到来。

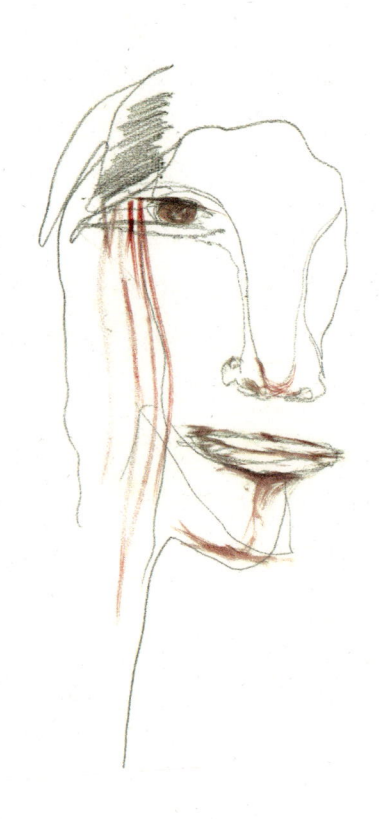

蓝色骨头

自由是你的旗帜,生命是你的故土。

青春的笑颜就写在你那从容的笑颜上。

——题记

我至今都记得那个萧瑟夜晚的种种场景,那个标志着新一代青年成长起来的地方,那里也是我事业的开端。那晚的一切经历至今就像春风吹拂在我眼前。

那是1996年的冬天,一个寒冷的夜晚,大家都裹着冬衣去看崔健的演出,在曾经的口袋酒吧,楼上楼下都热气腾腾的,什么样的人都有。我还记得那些来来往往的姑娘们脸上的表情,她们艳俗的打扮让我觉得一个断层后又重新开启的时代正与我相撞。

酒吧的舞台不大,显得拘束,一楼、二楼都被各地同胞围得水泄不通,灯光打在乐手身上,并不耀眼,但能衬出歌者的光环。对大多数听众来说,这是崔健多年来形成的影响力,对我来说,这却是音乐的感染力。我本来在楼上看得正高兴,却无法抑制内心的激情,想要表现的欲望像刀子一样穿过我的胸膛，使我又发出了《罐头》里那样的尖叫声。

我和老崔认识的时候他还没做《无能的力量》这张专辑，因此我们都没有感受到90年代末期音乐圈的一些变化。但1998年到1999年，当新的音乐势力开始抬头并展现出蓬勃的野生力量的时候，我还在用边缘情怀抒发自我的爱情之歌，《幻灭》和《另一种情感》就是那时候的作品。

在崔健写下《飞了》和《缓冲》时，我坐在芥末坊酒吧对他说，我喜欢这两首歌。他看着我的爆炸头和一脸的清纯，没说什么。老崔虽然长了一个塌鼻子，可他却有姑娘最喜欢的柔软的嘴唇，他并不漂亮，却有难得的男性魅力，全身散发着一股英武冷静的气质。

这位像大哥哥一样的人出现在我的生活中，他曾是我的心灵导师，他的歌是正义、光明和人格磊落的象征，他就像乌托邦世界里的那盏灯塔，在理想的彼岸，音乐在自由的呐喊中探索着人性的真实，散发着光芒。

我相信，大部分热血青年都是受他的启蒙，才怀揣着音乐理想，投奔到这轰轰烈烈的战场。十多年后的此刻，当我

247

和他成了思想上最接近的朋友时,我发现,他也可以算作影响我的人之一。

如果不是那首《花房姑娘》,也许我不会追求热烈的情感;如果不是那首《新长征路上的摇滚》,我又怎么会这样在路上游吟;如果不是那首《假行僧》,谁还能如此自由豪迈地描绘一个游吟战士的精神图像,捕捉他那稍纵即逝的情感与游移的灵魂?在这个思想者的强健体魄上,他歌声中的愤怒岂止是对音乐的表白,更是对生活的直接解构,而这就是真实的力量!

回顾以往,在这个有真性情的人身上,正直的人格和广阔的胸怀所凝聚成的情感力量,以及对音乐、对纯粹的艺术语言的追求,使他的音乐成为一种彻底的生命思考。

是的,崔健是一个豁达、睿智的存在主义者,他感性的头颅里也开放着理性的花朵。那是一种无限的蓝!就像我曾在音乐里体会的那样,我的音乐也在表现我的存在、我的反抗、我的斗争!而这也可以概括崔健的音乐语言。

这位依旧在艺术领域闯荡的行吟诗人,这位在我眼中不老的青春勇士,曾以他的思想影响过整整一代年轻人。我相信,时代的确需要这样一种声音,一种强烈的、能够表达自我意识的音乐,崔健代表的就是这样一种独立自主的自由精神!

我相信,那些像我一样在热血中奋发,用自己的青春追求理想的人们,也都受过他的启迪与精神召唤!

人生是一段旅途,我庆幸有这样一位良师益友,一位自律、充满使命感的同行者。在现实生活中,他依然天真,有改革精神,他用二十年的光阴铸造出属于自己的历史,他取得的辉煌战绩再次证明了他的宝刀不老。当我们在新的时代体会音乐的精神时,我们需要的不只是《小城故事》这样的歌,我们更需要《红先生》《红旗下的蛋》,我们需要这种刻在蓝色骨头里的不老的精神,这种对生命的坚持与等待。

对年轻的我们来说,用音乐感动这个时代,远比说教来得直接,也更为迅猛。在这个缺少叙事诗的年代,就让那些影响过我们的音乐,持久地留在我们心里,唯有这样,才能报答那些曾经在路上游吟的同行者。

说老栗

我认识栗宪庭应该是在1995年吧，那年我还很意外地参加了在东京举办的首届国际艺术博览会。也就是那一届艺术博览会，像是个先验的讯号，让我这颗怀揣着对艺术的崇拜又只能隔岸观看的种子，终于落到了这块土地上。那年的场景说起来其实要比我后来经历的许多人生体验有趣得多，我在纸上随手记下了当时人们的状态，如今再看，就好像一下子翻开了一个时代的画卷。

当时的很多先锋艺术家都在栗宪庭的庇护下成长着，像小树发了芽，虽然当时他们的作品还没有什么市场，大家还是凭着内心的冲动摸索着自己的前途。一帮住在东村以及后来在圆明园起家的艺术大家，都被老栗的艺术凉荫"笼罩"过，当时还出了不少年轻的评论家，像岛子，还有一位叫高的年轻人，在当年都有自己发表言论的场子。每当有年轻画家出场时，总少不了这些评论家的帮助或者"教导"。做艺术是需要思考的，更需要有人引导，好的评论家会在精神和情感上给予艺术家关怀和支持。

老栗，这位极具人文关怀的老前辈、老艺术家、老知识分子，得到了许多后辈的尊敬。他不光是个对艺术十分虔诚的性情中人，更是一位我们后辈需要好好学习的榜样——学习他的谦卑和对物质生活的淡泊。虽然，这已不是活在这个时代的人的生活标准，但好的艺术家往往是安贫乐道的，这是一种十分崇高的人生境界。

认识老栗，让我的记忆充满了闪光点：我记得和他一起对酒当歌的快乐，也记得在后海那间装满书的屋子里，他给我们几个前来拜访他的年轻人做得十分地道的杂酱面……谈起"文革"时那些知识分子的遭遇，老栗那张慈祥的脸上露出了我们这代人不能理解的感慨。是的，那是一个已经过去的年代。

有一次，我去他宋庄的家里看望他，他不在，我看着他新营造的田园生活，看着他那可爱的小女儿，觉得我们这些做晚辈的真是和他相差甚远。老栗是我们的老前辈，他依然扎根于这片土壤，就像一棵不屈的橡树。他让人尊敬的不光是他思想和眼光的独到，更多的是他在艺术探索上的勇气和在生活上的朴素，这种朴素是一种对人生无常的淡定，是尝过人生的辛酸与苦涩后的从容。

从和他少数的几次交谈中我能感受到恬淡的老栗其实也有怀才不遇的疏离感,以及被后辈辜负的孤独感。是啊,他一生推举了多少有才之辈。其实,在这个已经完全市场化的社会,复杂的人性让人更如同走在陡峭的悬崖边,人与人之间很难建立信任关系。很多评论家和艺术家在国际社会上获得的成就和荣誉与他们的才华是不匹配的,难怪老栗有不平之语。

对美术界的事情,我不甚了解,"人人都是艺术家"是一个不负责任的口号,它夸大了某些作品的力量,也扭曲了做艺术的目的。做艺术是要能感动、震撼人的。在利欲熏心的罗网中,只有时间这个大怪物,才能分清,这个顶着一头花白头发的老栗,才是童话故事中那个诚实忠厚的渔夫,是有着慈悲心肠的好父亲。

麦田守望者

有好几年没和萧玮联系了,之前也是因为我要制作图片的事情给他打过一通电话,之后大家就断了联系。在他的乐队录 *Save As...* 这张专辑的时候,我还以探班为名给他们的《我们的世界》拉过两小节的小提琴。由于没有练习,只几小节的录音也花费了不少时间,弄得制作人也不好意思说我。

真正听到 *Save As...* 已是好久以后的事了,麦田守望者在音乐上的追求超越了第一张专辑。那些有趣的、经过精心编排的曲子有着很浓郁的风格,是流经我生命之河的一张特别的唱片。

Save As... 虽是麦田守望者乐队创作于 21 世纪初的作品,却带着扶摇而上的前卫气息,他们尽情掌控着声音的美学,将时髦的音乐元素放入其中,经过拼贴的开头曲里呈现出犹如电影画面的质感,好像是一种由声音扮演着故事角色的纪录片风格的音乐。麦田守望者乐队的特点是人文气质较浓,比较注重自我对世界的态度,他们的音乐风格比较内敛,时常不是用歌词,而是用音乐的节奏与自己对话。听得出来,

那些天马行空的拼贴很有创意。

在充满抑郁情绪的抒情旋律中,麦田守望者靠着适合自己的音乐理念行进在音乐的路上,这和他们之前在做《麦田守望者》这张乐队同名专辑时所展现的富有青春气息的重节拍朋克形式已经是完全不同的风格了。当年这方面的人才,以表现自我力量著称的地下婴儿乐队更为突出,他们的歌词也写得更有明确的精神指向。与地下婴儿相比,麦田守望者在音乐上的导向更温情一些,他们的音乐中充满了都市人的絮语。

Save As... 虽然诞生在 2000 年,却带着春天般清新的气息,在略显忧郁的曲调中唤回了我对青春岁月的记忆。我差点忘了,曾几何时,我也和他们一起感受过生命之美在瞬间绽放。

那是 1998 年,我和他们一起去北京交通大学演出,我们和当时的学生——如今已不知去向的少年学子——一起度过了一个奇妙的夜晚。那时,我们正试图用连自己也不太清楚的新的音乐观念改变着什么,创造着什么。当时麦田守望者还在唱着第一张专辑里的歌。

赵半狄的人文关怀

/ 一 /

我有一位朋友,他总是受到其他朋友的非议。确实,他是一个比较特殊的哥们,他的行为、举止,乃至他对事物的理解方式,以及待人接物的感觉,都十分具有自己的特点。或许,从某种角度来看,我的这位朋友身上既有艺术家的桀骜不驯,又有绅士般的从容,而在物质生活享受上,他又像一位派头十足的明星。他是个地道的、北京本地"出产"的"优质产品"。

也许正因为如此,他那形式感极强、极具个人特点的行为举止,多少又带点为自己代言的意思。他夸张诙谐、幽默生动的表达,以及那份在凝思沉默时的郑重,都令你不难看出这些念头在他的作品中是出自本能、自然流露的。

当然,这并不能说明我的这位朋友——赵半狄——是一位纯粹靠广告炒作自己的典型商人。他销售的是自己的艺术理念,是有关个人行为的大众化艺术。事实上,在国内外,以跨界的形式成功的艺术家比比皆是。我这位朋友的艺术格调是从早期的写实油画转换到装置艺术的。他用个人的行为以及理念,将高雅艺术扩展到了大众的日常生活范畴,这确实是非常值得推荐的。并且,我认为越是以艺术家身份展现自己对老百姓生活的关注,就越意味着艺术就在我们身边。

/ 二 /

说起我和半狄兄的交情,可说我们友谊的战线拉得很长了,期间掺杂着生活中的各种故事,我们的往来时而密切,时而松懈。古人云,君子之交淡如水,说的正是我们。

1993年的上半年,我还在北国的冬雪中寻觅自己的未来,这老兄已经在绘画界展露了头角。那时,他叫赵小明吧,我名字中的"浅潜"二字,就是他赠予我的。当时,我还嫌弃中间那个"浅"字,觉得给人一种浅薄的印象,然而,赵兄眼光不错,多数见着我这名字的人都很喜欢"浅潜"二字。

看久了,我也觉得那两个字和我产生了对应关系,我的人生也是有深有浅、有奇特之处的。"浅潜"这两个字，就像一道情感的丝线把我和半狄的友谊连接了起来。记得最早我刚搬到北京那会儿，没有什么比我们一起谈论艺术更叫人开心的事了。

当时我虽在北京借住，根却还在广州。我和半狄兄往来密切，有时我会带些小玩意儿给他和他的女朋友。他对自己的艺术事业始终勤勉，时不时找我商讨他的创意，自打那次我提议他把杰夫·昆斯作品里的小猪换成熊猫并得到了广泛的承认和认可后，他总会在创作的某些细节上征求我的意见，我也很乐意给他出些主意。后来他拍关于熊猫的电影时也听了我的建议，才动员了几个伙计一起去了趟白洋淀。

那时候我们的热情也很高，我为他的艺术事业也奉献了不少。回过头看，他把我们当成了一个很好的合作小组，那时我总是陪在他左右，像个真正的幕僚。其实在艺术上，半狄是有些头脑的，不然，他的今天也没有那么出彩。我总是忘不了他想做成一件事情的决心和动力，不知那是成功的欲望，还是内心的呼唤。

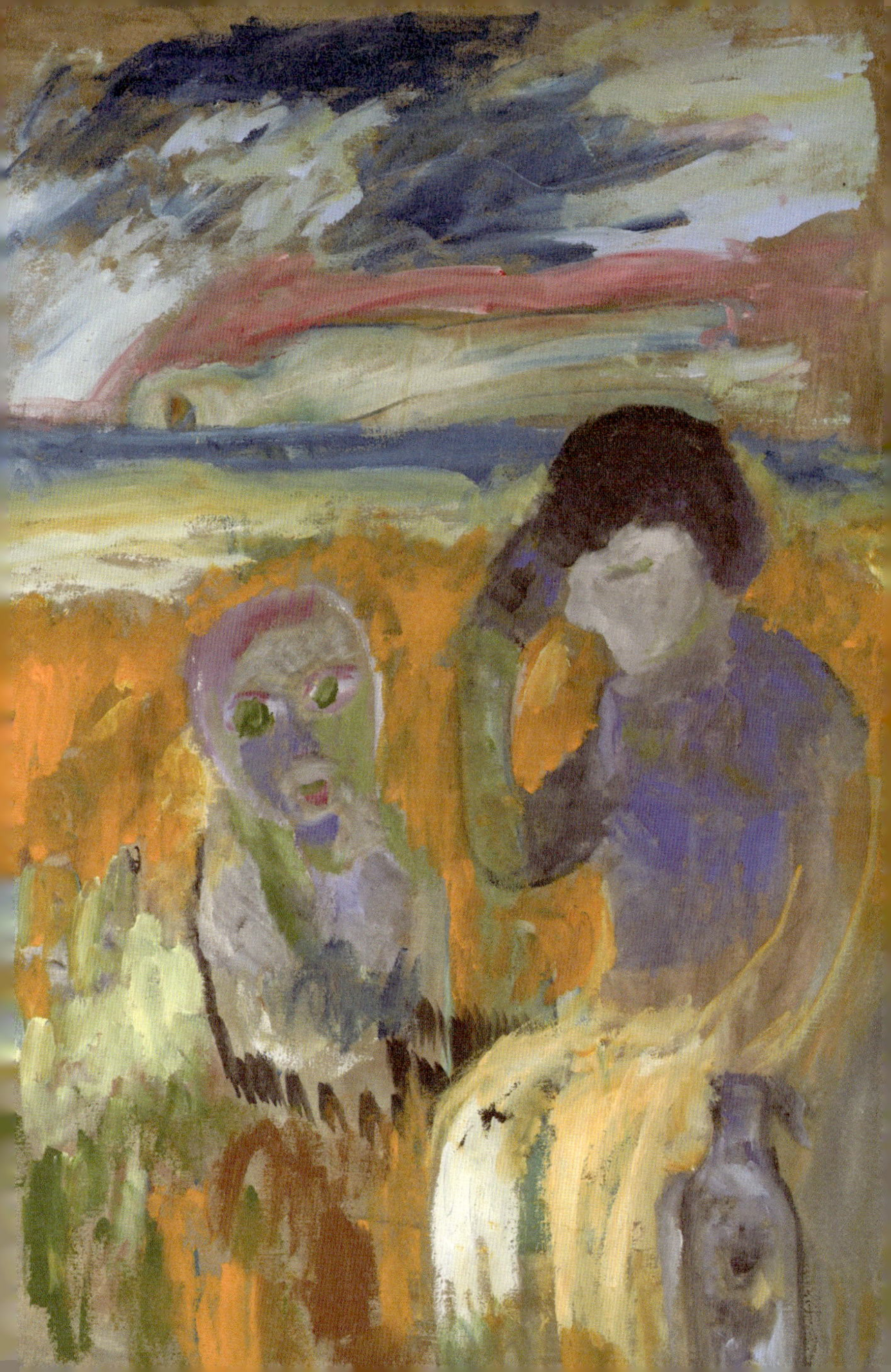

诗与诗人

在现实的生存空间，只有具有旷世情怀、能写出人的心灵受难史的人才可被称作真正的诗人，因为诗人的桂冠从来都属于高尚者。

一个用心灵去歌唱世界的人，懂得真正的爱情永远存在于一个不属于自己的地方。千万个生灵的生活经验使我们顿悟情感的脆弱。或许孤独和脆弱，便是经典艺术作品的源泉。

2020年，在江阴的民谣诗歌节上，我见到了传说中的食指老师，这使我相信我对他的评判是准确的，自己在猜想中写就的关于诗歌的文字也好像得到了一种印证。我从小就对文学很感兴趣，但并不喜欢诗歌，直到我发现歌词与诗歌的相同意义。同年，在单向街举办的文化活动上，我再次见到了食指，还见到了北岛、西川等著名诗人，也接触了贾樟柯导演和李敬泽等知识分子。

相比于其他诗人，食指看起来是最玩世的，有点浑不懔的气质，很能活跃气氛。但翻开他的作品，那一页页带着温暖情感的诗歌，完全不像他在生活中表现得那样冲动与激进。你马上会发现这个人骨子里既健康又纯真，不世故，并

261

有独特的思想。他的诗是同时代诗人中最具有现实主义关怀的，同时又具有超现实主义的想象力，他诗歌里那些暴露无遗的反抗与愤怒，证明了这个感受力敏锐的诗人，在以他正直的思考证明着自己的艺术价值。

乐观向上的生活态度造就了诗人的成熟，那个曾经的率性青年，用一生的时间学会了走出自我迷失的低谷。并不是所有的人都能用自己的生命换来这样的绽放时刻，如果你的时代没有选中你，你也需要坚定地走下去，那些辉煌灿烂的诗歌会照亮我们的双眼，让我们勇往直前。

达达主义者的肖像

李皖，一个在别人的音乐中诉说自己的思想、用诗意的语言解说现代摇滚音乐内在精神的评论者，一个在雅俗两道上游走着笔锋的现代游吟诗人，一个浑身上下带着强烈的人文精神的自由知识分子，一个天生具有悲天悯人气质的理想主义者。在我粗略翻阅过他的文集《我听到了幸福》后，立刻被他字里行间对音乐的深刻解剖、准确认识和对音乐人的理解所吸引。

不知何时，我发现我的世界需要这样的评论者，他们用浅显易懂的文字呈现着自己对音乐的深刻理解。我只看了几页李皖的书就非常感动。在《回到歌唱》这本书里，他向我们揭示了音乐人王磊的血泪创作史，他说这个时代，有太多的竞争，当艺术变得繁复，人们就显得不那么珍惜；他在《民谣流域》里对超载乐队的认识可谓入木三分。他那些充满智慧的语言打开了我们的视野。我们这些做音乐的人，实际上是在寂寞无助的世界里寻找爱的怀抱。在一些乐评人频频向我们开火，用词语的利剑射杀音乐的美感时，只有这个带着凛冽诗性的人以他的肺腑之言向我们悄悄靠拢。李皖，是一个用自己的真实情感解读音乐的人。

他无疑会给人带来感动和惊喜。在他的乐评中，凸显着知识的光芒，因为这知识是发自内心的真知灼见，是一种诗意的表达，是一场文字荷尔蒙的释放，是借由别人的音乐审视自己。

我们一路奔波，一路寻找，既是为了在花花世界中找到平衡，又是为了在追求音乐与艺术的过程中洞悉爱的真理。

我在比天更高的云霄

同时代的创作歌手中,除了崔健、何勇、张楚和窦唯,还有几位是我比较欣赏的。不管是具有独创性的朴树,还是效仿二十世纪六七十年代西方摇滚乐的思想并注入自己情感的汪峰,抑或虽然总带给人雷同感受却在音乐中不断注入诗意的许巍,以及万变不离其宗的郑均、高旗等,他们都是以心为歌、以生命感受为创作源泉的人。

很多时候,朴树的歌总会唤起我的记忆,让我想起那一段过去了的岁月,那些年少时不解风情的玩笑,是青春无悔最好的证明。那是一些不能、也不应忘怀的声音。

他的歌给人一种在忧郁的雨天透出少许阳光的感觉,他这个人就像是一块挂在阴霾天空中的灰色的云。那充满阴霾的天空就像他对生活的庄重表达。他的词作浅显易懂、充满诗意,同时也充满了怀疑的质问,在音乐里,他像一个单纯却又别扭的矛盾体。他的歌曲线条流畅,结构不俗。作为一个优秀的音乐创作者,他实现了一种独立的生活姿态,并为我们带来了很多值得聆听的作品。

时光·漫步

刚到北京的那一年,我认识了许巍,我们在同一家公司,他和我最大的相似之处是,我把从生活中获得的历练写进了书里,而他把它们种植在了自己的音乐里。

许巍的《时光·漫步》伴我度过了许多漫长的夜晚,那些日子里,我常常与夜晚抗争、与自己抗争、与时间抗争,好像要把自己榨干一样。只有音乐才能抚平自虐者的内心,才能安慰他们看不见的伤口。

那段时间感觉自己像生活在另一个世界,我常和许巍在一座老山的小屋中夜谈,我们一起谈人生,谈理想,谈爱情。那时的许巍有点冷漠,总是拒人于千里之外,却又经常需要温暖。他总是充满幻想地在阳光下眯起双眼,自由的心灵充满感伤。后来他"改邪归正",走进了现实。

走进现实的他不再沉默、冷淡,不再孤芳自赏、顾影自怜,有许多朋友关心他、需要他、理解他,他开始将爱和感动融入他的音乐里。他依然是那张沉静的脸,但少了孤军奋战的焦灼与失衡,再也没有什么能干预他的精神。平和、易于亲近的许巍写出了《完美生活》,那是2003年。

在2003年以前,他与我一起在红星老山的小屋中倾谈艺术、理想和生命的寂寞的时光,这些仿佛已经是前世的事了。

在三十年漫长的时光里,他奉献、倾吐、吸取,对着时光犹如蚕一样吐着音符。在那些调式相似、情感相似的音乐里,他体会着生命,用三十多年的时光把曾经逃避、清高、骄傲的自己变得入世。如果没有一颗容易被感动的美好的心,那么伫立在城市那千万幢大厦的边缘,未免太令人疲倦,就如失去绿色的土地。

三十多年的时光里我们感受着那些曾经的失败、痛苦、孤独和追求,那些在夜空中闪烁着火花的思绪,在音乐响起的时候,显得干净又真实。

野孩子

1992年,小索和张佺在兰州买帽子。1993年他们在陕南延安"走","走"是采风,也是看。小索说,陕北的放羊老头唱的民歌如旱烟,味道足。1994年和1995年,他们两人在杭州驻唱,后又漂向北京。他们如两片执着的浮萍,民歌是他们的河道,让他们落地生根。

1996年,在一场年末的派对上,野孩子那动人、特别的歌声惊动了老崔,我也留了他们的电话号码。1997年,通过西安的小王的联系,我和野孩子在一场演出上正式相识。

小索人厚道,有些灵气;张佺性子倔,有些盲目的坚硬,两人对乐队大方向的发展持不同意见。我说还是多听小索的好些,然而两人都不在乎。1998年夏天,我们在北京歌舞团的地下室一起排练。

小索有一个陶制烟缸,我想要过来,小索说这是给他女朋友的。他女朋友也是兰州人,唱歌的时候嗓音如田震。那时我住到了金台路,小索的女朋友来找我,我送了一幅我画的蓝色海洋给她。之后,他俩还是分开了,我很遗憾。

后来小索、张佺搬到三源里,我常去他们那,他们的两人乐队开始增加成员。日子发生了变化,我和兰州的朋友经常上他们的酒吧玩。

夜里,凑一桌子喝酒的多是甘肃人。我有两帮爱喝酒的甘肃朋友,一帮是做电视节目的,一帮是他们俩。小索的病估计是从开了河酒吧那时候加重的,然而他们的音乐和我一道留在了这个世界。

语虚语虚

> 此火为大,开花落英于神圣的祖国,
> 和所有以梦为马的诗人一样,
> 我借此火度过一生的茫茫黑夜。
>
> ——海子

说起老窦,算是我的师长,当年我就是买了他的《艳阳天》《黑梦》这两张专辑,才对自己未来的音乐前途有了信心。当时《艳阳天》美轮美奂的封面使我看到了当代中国独立音乐的自由精神,它明媚、唯美,有超凡脱俗的气质。那专辑里的音乐和窦唯如诗如画的 MV 一样,淡定、超脱。

过去,我在 KTV 里最爱唱的是他的 *Don't Break My Heart*,他才华横溢、老道、固执,宛如身藏幕后的棋坛高手,黑白、动静之间,皆是赤子之心。

最初做艺术的契机,于窦唯,于我之小辈,皆为艺术上的志趣相投。他要做一支乐队,自己打鼓,然而总是阴差阳错地错过。2003 年,有一天,我要摆平一场无辜之非,拉他当了赌注。

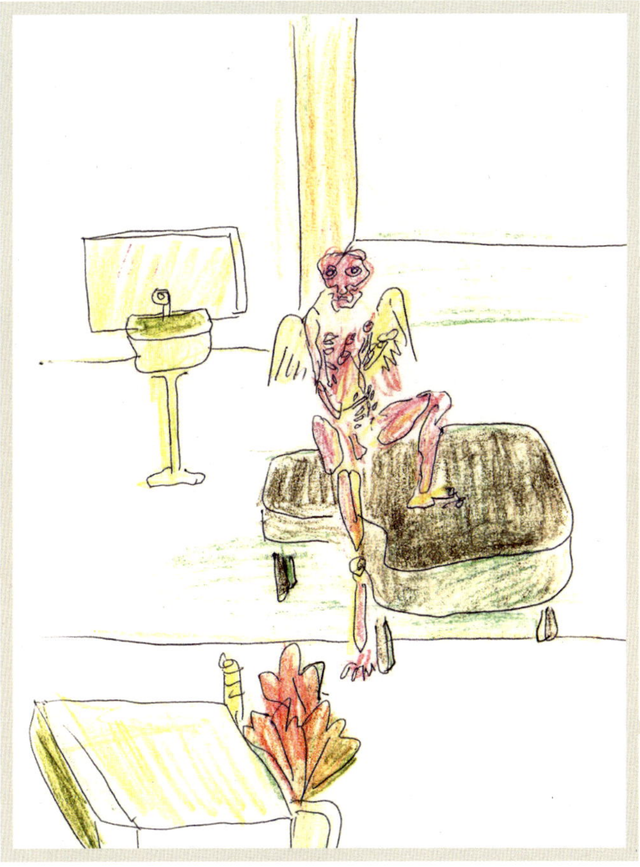

那两年听说他做专辑，但发行困难。做音乐这事于我、于谁都很艰辛，我的床头还留有那次演出后负责人给他钱的收条，由我转交给他。我给了他银两，留下了收条。

1995年，我在中山，有一家博雅书店经常会上架一些新到的书籍和CD，那时候，还没有DVD，更没有如山的盗版碟，《艳阳天》摆在货架的一端。而我现在经常写字的案头，时常摆放着《山河水》与《一举两得》的合辑，只要有时间，我总会在他虚幻迷离、格外讲究均衡的音乐意境中出那么一会儿神。我想，他的音乐境界与我等凡俗之辈所追求的佛的境界是一致的。

文字革命家

1995年,我就听说过徐冰,也看过他的一些比较著名的展览作品,如思考东西方艺术关系的《天书》《文化动物》等。这些作品也出现在一些比较前卫的杂志上,既有思想的冲击性,又有文化的革命性。

我认为,一个人的可贵之处体现在他无条件地坚持想做的事,即使在糟糕的环境中,他依然会坚定地遵循内心的选择。这样的人注定能成气候。而徐冰和火焰艺术家蔡国强都是这样一种人。

从他新近得奖的作品里,我看到了一个艺术家的强大生命力,看到他与世界对话、与自己对话的艺术心灵。我总是会被那些具有改革精神的艺术家所感染、所打动,虽然在一个卓越、有自省精神的艺术家面前,我无法评判他那些杰出而不可超越的作品,但我可以感受他的精神。

我以为,在这个使华人骄傲的艺术家的艺术生涯里,他吃苦耐劳的毅力,投入、忘我的工作态度,以及富有革新精神的创作都是值得我们尊敬的。

叙事波尔卡

1997年，我为张亚东的第一张专辑填了《春光》《雾》等歌曲的歌词，这揭开了我与他合作的序幕。应该说，我的生活有了张亚东才完整，而他的音乐有了我的参与才齐活。不可否认，我们是同一列队伍里的人，我们有着相同的信仰，都把音乐当作了自己的故乡。

按理来说，艺术是一种生活方式，它并非一种职业，你的职业如果是打鼓、唱歌，你就要靠它挣钱。艺术是一种思想，也是一种观念上的开拓。在今天，艺术作为一种标准，衡量着我们的生活。如果把音乐的哲学上升为一种宗教，那么我们共同追求的那种信仰，必定是精神碰撞后的火花。作为同道中人，一个与我一样战斗在艺术疆场上的战士，一直身为制作人的张亚东也同样用他的音乐述说着他的人生价值。

1996年，我认识了亚东，他作为我的制作人出现在我的生活中。他瘦高、英俊，应该说是一个典型的拥有理想主义气质的音乐人；他的音乐唯美、虚幻，营造出一种国际化的音乐氛围，把音乐与自己的为人相结合。他中性化的审美，平和、闲适的生活态度以及优越的工作条件，使他用一种优雅而遁世的人生观来对待自己的生活，并以超脱的音乐态度来完成对自我的解释。

在肉夹馍与麦当劳混合的文化环境中，这位音乐创作者却用他迷离的声调和悠远的意境向我们描述他内心的情绪，让我们感受到一个孤独者苍茫淡泊的心境。他用音乐为我们诉说动人的生活情景，仿佛把我们带进了一个梦境：阳光从森林上空倾泻下来；清晨的甘露在枝叶上滚动着；昆虫在亚热带茂密的植物丛中不停飞舞，似乎在参加一场大合唱比赛；氤氲的雾气散发出一股潮湿的味道，在空气中飘荡着。

我们是在心灵上深深碰撞过的人，曾经相互欣赏，而今，时光又把我们捻到了一起。听到他独立编曲、录制和演奏的新专辑时，我感觉比多年前听过的那张在香港发行的 *Ya Tung* 有了明显的提升。几年后，在他更精致的色彩表现中，因为有了时间的锤炼，加之亚东原本就有的作曲功底，以及对不同音乐风格的喜爱，使得他对音乐也有了更深的理解。音乐人思想的进步未必都表现在音乐中，但他的音乐语言已经有了明显的提高。除了情感上的生动阐述、个性上的自由张扬，从他歌曲中也可以听出他对生活的感悟，那种对生命的豁达感受，都包含在他的音乐中。

张亚东是个有理想的人，他实干、精进，具有专业水准，他将自身的精神气质融会到音乐中，同时，专业的音乐素养和一定的个人修养又保证了他的音乐品质。他拥抱理想，又无所依归地享受着孤独。当现实的世界左右着他对理想天地的追求时，音乐成了他拥抱自由的唯一可能。

亚东用音乐思考人生，从现实来看，他注定不是一个革新者，但他依然是个富有创造力的音乐人。尽管实干家与天才之间还有距离，但不可否认，正像所有想用自己的心灵感动他人的创作者，亚东一直在用音乐完善自我，他敬业的工作作风使他必须以遁世又入世的生活哲学解释自己的人生。就让我们在他充满温暖情调的音乐王国里，去聆听他的心声吧。

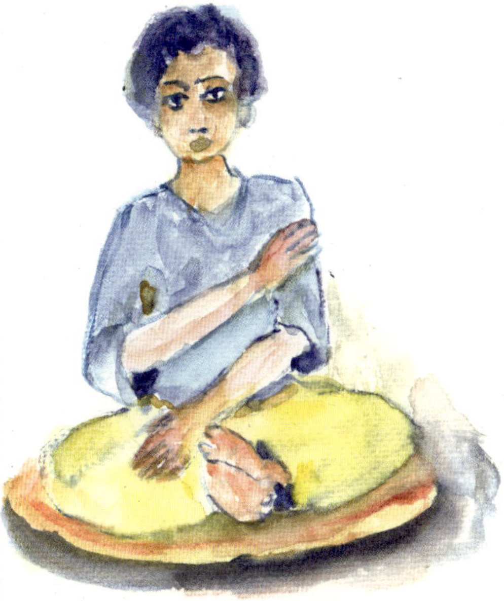

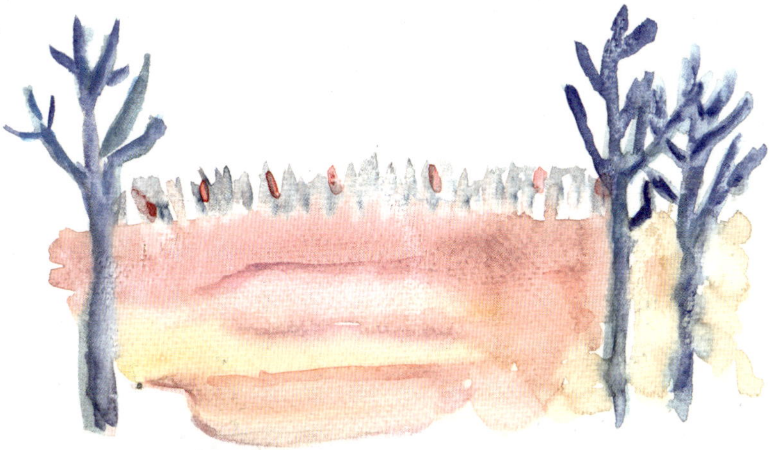

风格就是艺术的本质,我们通过不同的旋律来聆听同一个灵魂。

第七章

声音的回响

本性里的音乐

/ 一 /

我会随时随地改变自己的音乐观念,随时随地被新的资讯冲击,随时随地去影响我所能影响的人。每一次变动都伴随着精神的阵痛,但我觉得这没什么,我习惯在思想的漂移中获得沉淀。只有音符能为我排除干扰、屏蔽混乱。我蜗居一角,任凭灵魂被音乐洗礼。

本性里的音乐,就是做自己,那样会很酷。很酷的人会有不同的观念和认识,最终就会影响到他所能影响的人,这是这个时代的魅力。

改变观念是最重要的。过度保留和收敛都不可爱。最近听了很多国外的歌曲,我没有仔细分析过它们,但感觉其中好听的歌,大部分是朗朗上口的,旋律很动情,整支曲子一气呵成,能激起听者无数的感触。

当我听到他们那些描述爱情的歌曲时,就觉得甜美的爱情在我的心田激荡着;当我听到失落的歌曲时,就立刻变成了一个落魄的诗人,有一种想要回归家园的渴望。

我流浪着，从心灵到身体。我感觉不到温暖。常常刚有了一丝感触，却又马上退去，因为我不愿见到我的狼狈。只有歌曲安慰着我孤独的心灵，大多数时候我很坚强，我能明辨是非，有非常好的观察力，也能看透很多社会现象。如果这些能力能应用到我的事业当中就好了。

现在人们在音乐中应用的元素变多了，在风格上也比之前的时代有更多的选择。但怎么我就觉得听 *Baby, I Love Your Way* 这样的歌更健康、更美好呢？

/ 二 /

有一次，我在愚公移山酒吧演出，在试音阶段我看见台上有架钢琴，就合着乐队的节拍加了些伴奏。浅显的伴奏加上简单的钢琴旋律很好听，我发现，我的歌曲用这几样乐器就已经足够——小提琴、钢琴、吉他、贝斯和鼓。它们会碰撞出温暖又令人感动的音乐。我喜欢简单中又带着特别的感情的东西。

《幸福的芝麻》这首歌，乐队编得差强人意，这场演出我们只有四天排练时间，所以没有办法讲究太多。因为不喜欢现场被录音，也有意没好好唱，其实认真唱肯定不是这样，真不好意思。后面的三首歌都是现场发挥，几乎没有进行排练。词一直没有整理，老记不住。《清风明月伴我行》（未发表）是临时加的，它是我的乌托邦理想写照。最后一首《我爱你》是即兴演唱的，另有几首歌的吉他也是我自己编的，听着还行，乐手一个劲夸我。

不知道为什么，乐队简单铺垫的音乐很容易打动我，也许我在其中能觉知到自己吧。当然音乐能丰满和丰富起来也好，我的音乐好像和其他人的都不一样，听起来比较舒缓、唯美，就是我唱得太差。

演出完后大家真的都很满足，是因为精神上的互相融合吧。在音乐中，大家感情上的融合就能让人感受到快乐，尤其现场的氛围，更容易把音乐变为彼此间精神上的交流。

就让我们因音乐而快乐、而满足。

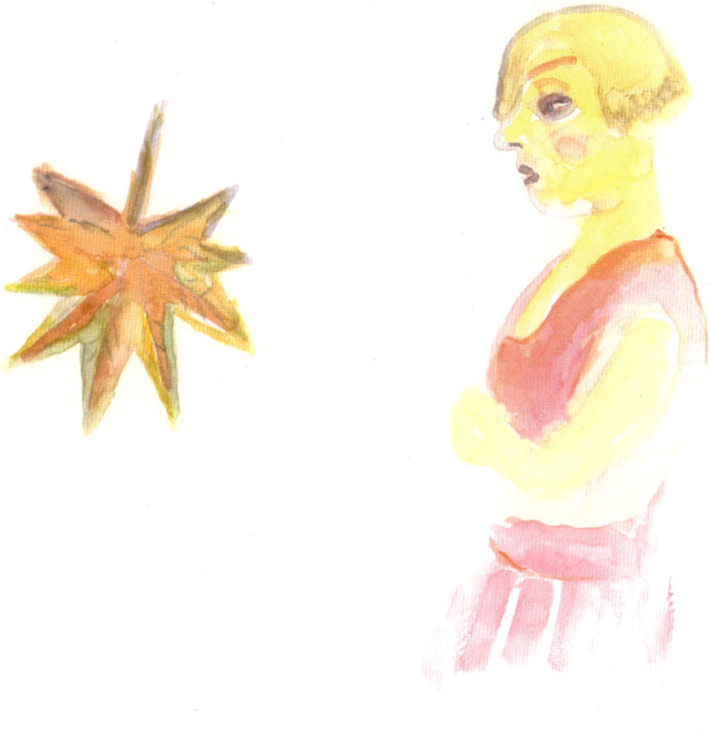

/ 三 /

我认为，风格就是艺术的本质，我们通过不同的旋律来聆听同一个灵魂，面具就是我们的脸。也许是爱教会了我想象的规则，我写的每本书或者每首歌，它们都具有同一个灵魂。

快乐稍纵即逝，就像划过天空的燕影，而沉着的内心才是永恒的。回顾我过去的生活，那些断断续续为爱而走过的路程，是那么执着、漫长、永恒。

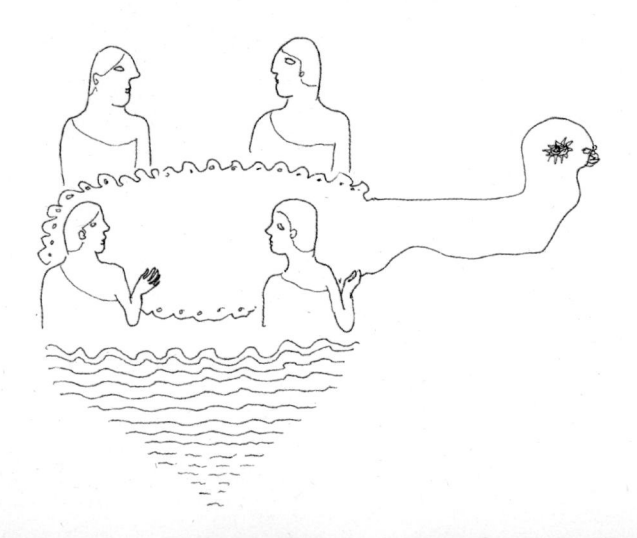

让人感动的音乐和爱情

《阳光灿烂的日子》里,每当电影里的男主人公向往爱情的时候,马斯卡尼《乡村骑士》的旋律就开始响起。马斯卡尼也是我无意发现的一位作曲家,他的音乐和法国音乐家杨·巴斯卡·托特里耶的钢琴曲一样,触动了我的灵魂,使我感动。也许是因为他们的音乐中都包含了人们追求爱情时那种难以言喻的情感,这样的音乐才能慰藉我此刻孤独的心灵。

听这样的音乐时我只想到我自己的生活,而不是别人的电影,尽管我的人生也如电影般迷离,但这幻觉般的狂热似乎又富有一种理想的革命气质。也因此,我才会对理想的爱情充满憧憬。但我总是会与之擦肩而过,仿佛这就是我的命运。

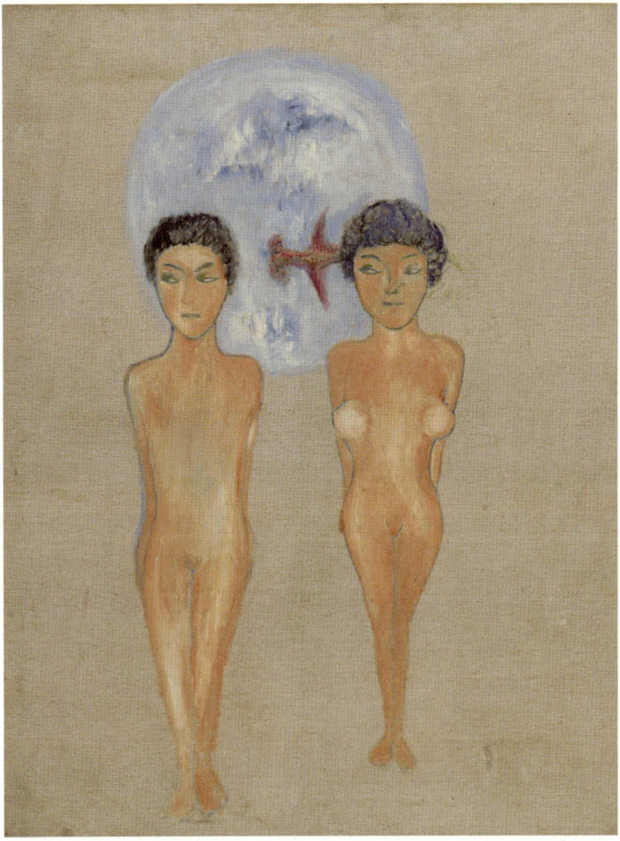

认知

每一次死亡都是新的超越。
在这如火的历练中,我重新获得了一颗赤子之心。
如果没有纸和笔,我拒绝一切表达。
我是个独立的思想者,在静处发声。

坚定才是我的品格。当生活以不堪重负的重量去挤压我的精神世界时,做一个信念的传播者是我唯一的出路。

浮夸的社会造就了多数市侩与自私的人。可是我所崇尚的,依然是在精神世界里尊重自我的人,是那种在精神和品格上高大而坚定的人。

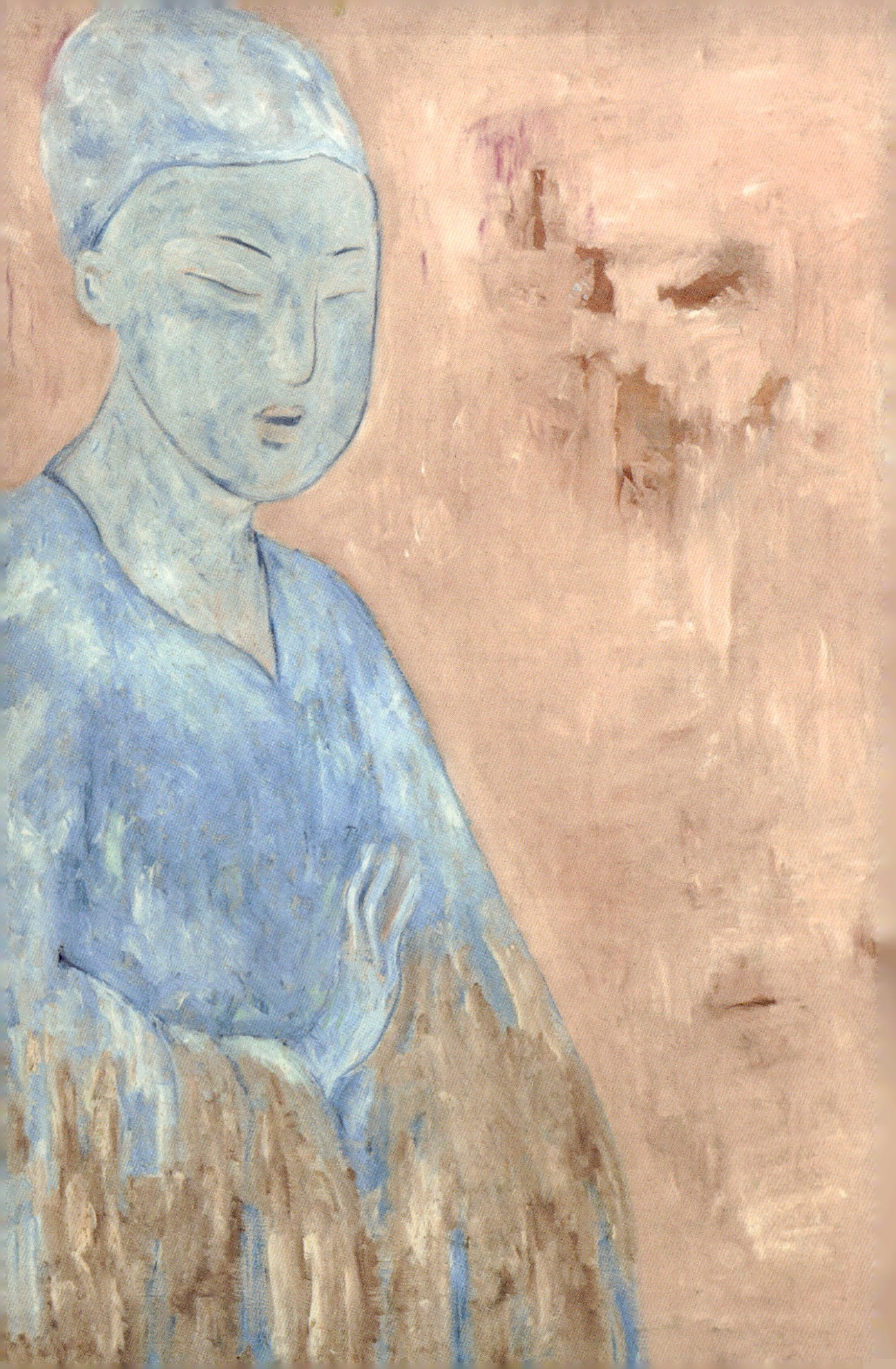

【后记】
永远年轻

写作真的是一件非常美好的事情，我在笔端航行，看诗句在蓝色的心海徜徉。时至今日，文学的本质依旧是感人的，也是深沉的。

这些年，我的内心一直有一个愿望，我想写一部和自己有关的书，在实现这个梦想的过程中，我舍弃了很多。孕育这本书的过程是艰难的，也是痛苦的，更是执着的。眼见这本书即将诞生，就像一个将要经历世事的孩童，它会拥有属于自己的生命。

我希望这本书真实、感人，带给他人以真诚的感受。无论黑暗还是光明，无论悲伤还是喜悦，这都是我们所历经的生活。

在写这本书的几年间，我的内心的确常常有这样的冲动——

我想歌唱所能歌唱的一切，我想把我所经历的情感用诗意的文字写下来。许多和我一样内心时常被感动的人，都在生活的道路上，用艰辛而执着的努力，证明着自己的青春和热血。

做一个淡然的人是我的理想，如果我能从这本书开始，将所有的感叹和唏嘘，甚至将那些空无用处的诗意全部变成音乐，我想我便彻底安心了。把音乐当作一种精神归宿，这固然有些遁世，就像我把自己的生活写成书，其中带着必然的宿命，也许，这会令我向过去的生活做一个真正的告别。

今天是 2021 年 8 月 19 日，日子像飞走的羽毛在空中飘然而逝，而云朵和天空的颜色还留在我的瞳孔里，色彩变得更加明亮。对新生活的向往，就像燃烧的火焰，让我沸腾，让我充满勇气和力量，我感到自己的激情将永不会被磨灭。